中国专业作家作品典藏文库

中国专业作家作品典藏文库
屈兴岐卷

也是一种乡愁

屈兴岐
◎著

Yeshi Yizhong Xiangchou

中国文史出版社

前　言

秦"车同轨""书同文"之后，研究方言的，历代都有巨擘翘楚。

《尔雅》以通名释别名，以雅释俗，以口语译文言。

《说文解字》疏通古今字义关系。

扬雄著《方言》，在通语与方俗语言对应上下功夫。

晋有《方言注》，清有《方言疏证》《方言笺疏》《吴下方言考》《新方言》，还有《越谚》等等。

是何缘由，俗语方言引起如是关爱？

笔者深知方言对通语的滋养作用为中华民族文化形成的源泉之一。越是在世事昌明、八荒一统的时代，通语位置不断提高的境况下，方言的研究成果就越显著。

东北方言在中国诸多方言中资历较浅，却有独特性：多民族、多地域的先民品德、操守、习俗在语言文化上长期融合的结晶，大森林大原野大山大江滋养熏陶的表征，本地民族与外省移民数百年融合的结果。

东北人，造就了东北嗑儿，东北嗑儿哺育了一代代东北人。

人与语言融于一体，都是爽直、侃快、大度、敢作敢为、热情奔放。

它和普通话比较接近，好像有着更亲近的血缘关系，这和满族入主华夏分不开。会说东北话的，都能听懂普通话。尽管说得不一定那么标准，却也能让外省特别是南方同胞明白大意。

东北嗑儿突出特点在于：

豪爽，有丈夫气概，极少期期艾艾，极少奶油味、酸腐味；

粗犷，大刀阔斧，不见雕琢忸怩之态；

率真，张口便见心，肝胆毕现，热肠暖人；

形象，比喻、借喻、隐喻、拟人、象声，歇后语、俏皮话，生动、简洁、犀利，也不乏幽默；

有哲理，其中许多是生活格言，一句便中肯綮，说到硬道理上；

跟东北人一样，有鲜明性格，话一说出口，听者便知你是东北佬、东北虎。

关东嗑儿，是不畏艰险、直面人生、敢于开拓进取者有关忠诚勤劳智慧的正能量，难得的民族瑰宝之一。

它的创造者是：

中国最苦寒边陲的生于斯活于斯奋斗于斯死于斯的扎根者、国疆乡土守卫者、少数民族兄弟；

一辈又一辈不甘贫困，离开难离的故土闯关东，以开拓为己任的中国“牛仔”；

披荆斩棘，筚路蓝缕，以启山林，奉献金色大豆血色高粱黑色煤炭绿色森林的“拓荒牛”；

不惜身家性命，在白山黑水间捍卫祖国、反抗外国侵略的敢打抗日第一枪的不懈斗士；

也有欧亚外民族语言智慧的渐渐融入。

东北嗑儿，是反映这一地区的历史、文化、民俗的第一手材料。

满族语言，濒临消失，令人扼腕，有志挽救者太息说为时已晚。

东北方言，也要面临这种命运吗？

我推想：不会。连一件旗袍还一次次在华夏乃至五大洲受人青睐，何况旗袍人文价值总不可与方言价值等量齐观呢。

许多中老年人，在家庭社会生活中，仍然说着东北话。特别是广大农村，人们多数张口就来。城市中一些知识人，也极珍视、留恋乡音乡语。各市县志书，都有所搜集，择优收入。《生活报》近年常辟一角，解释东北话一句，很受读者喜爱。尽管是个开头，却是从尊重历史文化、珍惜地方母语出发，难能可贵。

回味整理东北方言俗语，加以阐释，也是一种乡愁。

健在的耄耋老人，在东北嗑儿语境中，沉浸八九十年，会说本地方言是自然的。但好像愿动笔的不多。有意留下这份精神财富的中年人，又在市场经济中中流击水，难以拨冗。笔者呢，说着东北话长大，这是我母语中的母语。加之学习文学写作几十年，有种责无旁贷的感觉。

然自知根底不足，学识浅薄。回味着，写出来了，但无力研究。行年八十有余，大病未死何止一两次。活命感激医保，余生已是侥幸，不大担心什么了。但觉得，我所知道的关东嗑儿，随我一同进火葬场，终究有些可惜。

那就尽心尽力回味出来，行诸文字。只求通顺易懂，阐释准确，使读的人能有一点临其境闻其声的感觉，就便也可了解一些彼时东北嗑儿产生流传的环境。不是词典。只求随笔解释稍可激活当时语境，描述人物性格，营造生活氛围，还原当时情趣，呈现一些风土人情、地方特色、历史风貌。

笔随意至吧。给有意研究的同道累积一些语料，给正有几多乡愁的朋友提供一份谈资，给东北这块热土上年轻书写者捧出一份参照文字，给史学社会学风俗学留一些来自数百年生活的直接素材。

十余年编撰，时有一夜三兴、一饭数辍情形。

相关文章附后。内有几篇十多年前在《奋斗》杂志发表过。

海水一掬呀。

极愿就教于东北父老、各位专家学者。

2019仲夏，改定

目　录

第 一 章

按下葫芦起来瓢

此事刚解决，忽拉巴地又冒出一桩类似的事来。

问题处理不过来了。

从前，城乡一般人居家过日子，都有一口大水缸，放在“外屋”（明屋，厨房兼通左右两屋过道）干净地方。舀水用的是葫芦瓢，将葫芦一剖为二，便是瓢，这瓢，总是漂在水面上。按下去，一松手立刻还漂起来，如同跟人开玩笑一般。

按葫芦抠籽

一算计，一个葫芦能抠出多少籽粒，就得朝人家要多少籽粒，全不计有的多些，有的少些，有些籽粒不成熟，是抠不出来的。这样的人精明，却往往被认为太苛刻，与之交往都存一份小心。

“那个人净凿死卯，按葫芦抠籽。”

熬

艰难忍受，坚韧地过平常日子。“多年老道熬成辙，多年媳妇熬成婆。”要往上升，过得好一点，常常要靠“熬”。

熬 日 子

得了慢性重病，开始还能活动，情形却是一天不如一天，竟是起不来炕了。亲友关心问候，家属附耳悄声说：“也就是熬日子了。”意思是早一天晚一天的事了。

爱　小

图小恩小惠，占小便宜。或性格使然，或心胸小，“眼皮狭浅”；或因生活太困难，无奈之举。人一旦爱小，心胸就很难开阔起来。容易被人拿斜眼看。

挨 板 儿

“别加楔，就快。”一个挨一个，依次进行。几个人攻守同盟，领头的放狠话：“这事是谁捅出去的？都不说？看我不挨着板儿收拾你们才怪呢。”

挨刀的货

诅咒。比一般骂人还阴一些。含义轻重，全看出于谁之口。

矮子里拔大个儿

要选择的货品质量都一般。又急着用，能将就就将就了，胡乱选一个就交差吧。这是得过且过思想，很难成大事。

第 二 章

巴掌大个地方

形容地方太小，也就一巴掌大。

“不就是个牌长（类似居民组长）吗？管个巴掌大的地方，架子倒像个县太爷。”

扒　　拉

扒拉，用手、棍子扒拉东西，挑挑拣拣。瓜呢，论个卖，挑大个儿的；樱桃呢，论斤，挑通红新鲜的。

“我这樱桃熟透透的了，大嫂啊，可别扒拉来扒拉去了。挑花眼，都整秃噜皮，我还咋卖呀！”

扒拉开前面挡道的人群，游泳一般跑到前面去。

横扒拉竖挡，是真心拉架者的动作。架，是动“武把绰儿”。常言，君子动口不动手，打群架诸君，我想是君子小人各占一半。

扒　　瞎

扒瞎，也作巴瞎。扒，说。瞎，假话瞎话。瞎话跟假话是铁杆朋友。“别信，可别信！信，死了连裤子也穿不上。哪句话不扒瞎，他心里都难受。这小子，没一句是实的，放个屁都掺假。”

扒皮认识他瓤儿

不看表面，就知实质。对此人了解，那叫透。就是换副脸子，一撅尾巴也知道他拉几个粪蛋。

一般都是对人品不咋着的人用这样的词儿。

也说“不扒皮也认识他瓤儿”。

扒 墙 头

打牌的，不守游戏规则，抻长脖子，倾斜身子，斜眼偷看上下家的牌。

另一意是本义。有一出蹦蹦（近似二人转），说张生跳过粉皮花墙，去幽会莺莺。他虽是读书人，却也不会是非礼勿言、非礼勿闻、非礼勿视的主儿。如不先扒墙头，偷看一下人家来了没有，好像也不会贸然行事。

扒　　扯

本义是往高处攀缘。

引申为为了升发，费尽心机，不择手段，用尽吃奶力气，不惜手蹬脚刨。

还有编瞎话、胡说八道诋毁人之意。

八竿子打不着

一条竿子就不短了，八根竿子接起来都碰不上，是说离得太远。

一竿子打不着，打八竿子也打不着。也是离得远，够不着。

一般指拐了几道弯才认乎上的远亲，“小锁子，不就西下洼子老王家三小子吗？那是我四姨父小舅子连桥的妻侄的表兄弟，还是叔伯的，哪算啥亲戚了？八竿子打不着啊”。

八碟八

从前农村殷实人家办红白喜事，最豪华的宴会。每张桌上，要上十六道菜。其中八样是盘子盛，另八样，碗装。厨房搭在露天，吱吱啦啦，热气腾腾，香飘邻里。热天，厨师忙得汗用袖子抹。落忙儿端盘子的，扎着白围裙，一路平稳碎步，口喊慢回身——

那八碟八碗里，鸡鸭鱼肉、时鲜蔬菜、豆腐粉条是有的。但什么大虾燕窝鲨鱼翅之类，听也没听说过。让酒让菜，大支客（主持人）穿半截长袍，说邻里乡亲亲朋好友吃好喝好之类的客气话。坐席的则互相让。筷头子点着菜，说：“那，咱就别装假了，可劲儿造，可劲儿造。”气氛里，满是喜兴和谐。

小时，曾跟着小脚母亲去坐过一回这样的席。上来一碗肉，母亲说，叫豆豉肉。我光看，一口未吃。因小时若看白翻翻的猪肉，就恶心，尽管每年也见不到几次。这菜名，至今还记得。

八股绳

挑着挑子（担）走乡串屯的零售小贩，也叫货郎子。挑子两头各一只筐，筐有四根绳。故俗称挑八股绳的。

有几种。卖主食，主要是烧饼麻花。品种少，图方便，他们只挎一只扁扁的木箱，盖一厚棉垫，以求保温。

卖鲜鱼。筐用秫秸篾子编成，透风渗水，捂不着鱼。形状像家里常用的“大枕头”。上面苫一层新割的香蒿，一股清新气。大鲤子新出水，还尬巴嘴呢。扁担长而薄，越往两头越细，一走一扇，看着轻巧轻松。

卖酸梨、瓜子大块糖。梨是冻梨，相互一碰，咯啦啦响。孩子啃着吃，得倒换着手。大块糖，也叫糖瓜子、灶糖。到腊月二十三这天，家家必备。送一家之主灶王上天述职，担心他老人家竹筒倒豆子，有啥说啥，就念叨：“灶王爷，上西天，好话多说，赖话少说。”家里主妇觉得赖话少说，说一句也不好啊，干脆，供灶糖吧，嘴一黏，一句别说得了。

卖瓜的。扁担与鱼贩的差不多，筐却是柳条编成。不过屯屯有瓜园，他们雁飞一样挑进县城。找个凉快地儿一坐，尖顶草帽子摘下来当扇子。悠悠闲闲，一袋烟的工夫，磕打筐了，收工。

最受欢迎的，要数卖日用品的。挑子简直就像柜台。他们的拨浪鼓一响，鼓声飞进各家窗户门儿，人们心里都一痒痒。你听吧，巧声巧调，他还唱起顺口溜：“姑娘扎的红头绳，小子玩的拨浪鼓，顶针绣针纳鞋底的大号针，双妹雪花膏，胭脂随意挑，烟袋锅，烟袋嘴，烟袋杆是乌木的。枣木梳子竹篦子，大花小朵是绒的。”

于是，院子里鸡咯咯叫，小子丫头跑来，姑娘媳妇大大方方、扭扭捏捏、迟迟疑疑跟来了。那位铜烟嘴想换玉石嘴的老太太，也压阵脚，站在圈外了。

八字没一撇呢

“听说大壕这边儿那块地，老张家要租给你了？那可是旱涝保收啊。”“哪有，还八字没一撇呢。”

离事办成，还早着呢。

光有个说法，成不成，还两说着。

拔不出腿来

太忙，事务缠身，倒不出工夫，恕难“拨冗相见”。绝非指两腿陷于泥沼中，移动不得。

巴

本义是贴近、粘着。但东北话成了语助词。如“整巴整巴得了”。挠巴挠巴，切巴切巴，放在单音动词后边，连用。有粗放、要求不严格之意，“那么个玩意儿，也不是绣花，缝巴缝巴得了”。弯了巴曲，放在弯曲一词中间了。贱巴呲的（一般说贱不呲咧），也是贱呲呲的化用。也说贱了巴嗖的、发贱的样子，让人看了不舒服。

吧　唧

象声词。“黄泥甩上墙，吧唧一下，粘上了！”也说呱唧。

语助词。蔫了吧唧，虎了吧唧，水了吧唧，傻了吧唧，酸了吧唧，损了吧唧，赖了吧唧，臊了吧唧，水了吧唧。前边一个字，是个领头雁，含义都在头雁上。放上这个语助词，可以表示用词者批评或疼爱的情感。“这豆腐炖得水了吧唧”，是批评；“下洼子泞（泥泞）了吧唧，等天头晴了，再去吧”，是疼爱。

疤瘌节子

树干枯枝烂后的疤癞，枝杈过多，将来木材节子就多的。后来借用，说某人（经历上）有点缺点、问题。

档案上有些负面记录，会被看成有疤瘌节子，放在从前，难以被信任。再严重一些，就被说成“乌漆麻黑”了。

把攥着

手掐把拿，极有把握。

“担啥心？那是把攥着的事。”

不过这手，得是如来佛的，孙猴子跟斗十万八千里也跳不出去才行。

把家虎

如老虎守卫洞穴，把守（看管）自家。心里有数，持家有方，身子结实舍得力气，节俭，家看得严严实实，绝不容外人侵犯。

推而广之，爱护集体与公物。“红管家”，爱场如家，也曾是人人爱戴的明星。

把不过麻来

活计、事物太多，一时分不清先干什么，后干什么，无处着手。容易手忙脚乱，效率必受影响。如事前心里有个小九九，会好多了。

掰　　了

其义如其字。分手，分开，分裂。

手原是握着，不管是紧紧的、使劲的，还是轻轻的、不经意的、应付的、勉强的，总是握过。不然谈何分开？一个人不能自己总是左手握着右手，分开也不能叫掰。看来是指两个人握过手又分手无疑。

英国很早有位首相，忘了他名，却记他一句话：世界上只有永久的利益，没有永久的朋友。罗贯中老先贤说得更有哲理，天下大势，分久必合，合久必分。

愿分手的，能再握手，缺了的月，也有圆时。

掰脸，闹翻了，翻脸了。绝交，决裂了。“这可真是的，就针鼻儿大点事，值当掰脸？”

掰腕子。手臂角力。

掰苞米。“地里苞米缨干皮黄，掰得过了。”也叫擗苞米。

掰扯掰扯

说道说道，分辩分辩，理论理论。有不达目的不罢休的意思。

单说掰扯，是分析、梳理、辩论。“这可涉及啥叫公，啥叫私，咱们得掰扯个明白。”

掰你手指盖儿

整治人，收拾人。“你拿？你拿我敢掰你手指盖，你信不信?”

白 毛 风

暴风雪，风像长了白毛一样，让人有些恐惧、担心。也叫大烟儿炮。

白天摇街喝茶晚上点灯扒麻

该干活时溜达玩儿，到晚上，种麻人家要扒点麻，浪费了灯油。这样的人，多数是不正经过日子的游巴登子。

白脸嗑彰的

脸上没有血色，发白。不是感到冷到牙帮骨，就是得了某种疾病，比如贫血等。“哎哟，大雪抛天的，横是冷了吧？怎么白脸嗑彰的？快烤烤火。关姐子，把火盆端到你表哥跟前去！”

白呲拉的

不是漂白，不是雪白，不是纯白，而是浅薄的白，还花花搭搭。不是正经的白。

白　话

“五四”时代，弃文言，用白话。白话与文言相对应，是日常用语。就是文言至高无上的几千年中，除了官场、庠塾、雅集等，其他场合，也不都是之乎者也矣焉哉，大多说白话。不过“五四”后，上了台面书面报面，顿登主流。

白话的另一意，是虚头巴脑，吹牛，说大话，侃大山，群居终日言不及义。“那小子，可能白话了!”这里的“话”字，发“货”的音。

摆鼻儿

摆架子，耍排场。“头年夏天，他还跟我一块撸锄杠（铲地）呢，刚当两天国兵（伪满），就跟我摆臭鼻了，小样儿!”

包圆儿

全要了，不挑不拣，一点不剩。“降点价，你这点剩货，我包圆了。”

保　掯

保险，有把握。“庄稼一枝花，全靠粪当家，上追肥，保掯。”

抱着膀儿

遇冷瑟缩，直打牙帮骨，筛糠（哆嗦）。“这天冷的，都抱着膀儿往这跑。”

无所事事，懒透腔了，蔫头耷脑，就只有缩着头，抱着膀，靠墙根蹲着晒太阳了。

抱着道走

“大兄弟，三马架屯，咋走啊？”“抱着这条大车道，别拐弯别下道，一直往前走，一顿饭工夫就到了。”

遇到话少的，是一说话能撞你南墙上的汉子，就会说：“抱着道一门儿往前干！”

帮虎吃食

帮助实力强的一方，欺凌弱小者。帮着老虎了，老虎吃剩的，可能留给他一点啃得差不多的骨头棒子。

板

本义木板。规矩平整，如板板正正。

对女红成品的称赞。也说扁正，扁扁正正。

“这衣服一准是大嫂做的，你看看，这活儿，多板正！”

“板过来”，有什么不好的习惯，长期硬性纠正：“咋老抽鼻子？我非给你板过来不可。”

板着脸子，故作严肃，毫无活气。“老板个脸子，谁欠你八万藏（很大窖藏）似的。”

板人，受拘束。觉得什么举动都得一板一眼，变成个机器人似的。其实，没有规矩不成方圆。坏习惯不板板，就会成恶习，害人害己。譬如被引诱吸毒，不板板，那不是废了吗？

板　脚

鞋底过硬，不随脚，“穿着板脚”。

半　天

十二小时是正经的半天。

“大半天”，是指比一上午或一下午时间要长一些，做了加法；夜里十二小时被刨去，做了减法。

“大哥上县城走了吗？”“走老半天了。”这里的老，是有一会儿了。再精确点，回答者会说：“咋也有两袋烟工夫了。”“老半天”是个猴皮筋儿，可长可短，视具体情况，发问者自己琢磨去吧。

还有，“一眨眼”“鸡叫”“三星打横”“蒙蒙亮”“日头两竿子高”“贴晌”“傍晌午”“日影上墙孩子找娘”“眼擦黑”“雀蒙眼”等，都说的啥时候。

说时间不怎么长是“一顿饭的工夫”“一炷香的工夫”。

形容时间短的：“眨眼工夫”“放个屁的工夫”“一转眼”“一打迟儿”等等。这就是农业社会农村里一日的时间观念，不能准确到是几分。很可能全村没有一座时钟，也没有分秒不差的那种需求。

半 膘 子

养猪，要由猪羔子到“壳郎”，现今叫架子猪。然后，“揣膘”喂好饲料。但有的咋喂也不大肥，就是半膘子。

用来评品人有的就叫半膘子，也就是半彪子。

还有一个意思，这人办事不准成，不成熟，虎绰儿绰儿的。

半拉胡片

对人学一番话，学不完全，办一件事不彻底，学一种知识没全掌握。

半拉坷叽

事情不利索，活计干得不规矩，就扔到那儿不管了。

败　道

人老平衡感差，走路不自觉地向路边倾斜个一步两步，还踉踉跄跄的。好酒贪杯的，老远闻着小酯（小烧锅）的高粱烧香气撩人，未喝先醉，唱着小曲，脚下如同打醉拳的义士般，东侧歪一头，西侧歪一脚。有相关病症，也往往如此。

掰　脸

“掰”字难用到脸上，用了就给人烙印深刻。翻脸、变脸。也叫“抓破脸”。

“掰生”，生分，闹意见，相互不搭理。

不抱下洼地

下洼地，涝了挨淹，旱了颗粒不收。是“二五眼”的地，最不值钱。这话，用来说自己，是谦虚的自夸，说他人是真诚夸赞。

不玩人性

言行失去正常人品格。比如不讲信用，一屁俩谎，挑唆不和，从中渔利，坑蒙拐骗，输打赢要，欺软怕硬，沾奸取巧，败坏人伦，打爹骂娘，六亲不认，秤杆子撅人（缺斤少两），欺行霸市，剜绝户坟，踹寡妇门，横行乡里，偷拿卡要，包揽呈讼，借势压人。反正，干的全是有我无他、有悖人性的事。哪个屯子出了一个这样的货，南北二屯都躲这屯里人远远的，像躲黑死病似的。一条鱼腥一锅汤，顶风臭四十里。为人所不齿。

也说不是个东西、不是个物、不是个玩意儿。

窝窝头踹一脚，不是个好饼。

不 大 离

差不多，距离不大。“事办得咋样了？”“不大离了。”

不着不备

没有准备不行。“不着不备的，留个后手。”有备无患。过去打仗，要招是不打无准备之仗。

不着遥性

没正事，不正经，不可信。

“这事可别让他去办，他太不着遥性了。”

不怕五月旱，六月下雨吃饱饭

五月六月都是按阴历说的。清明忙种麦，谷雨种大田。春末夏初缺雨，青苗长得差劲，该拔节的也拔不起来，庄稼人心急如焚。如果六月一场透雨，还能有所补救，虽不能九成收，后期管理跟上，也能有个六七成，饿不着了。

不知里外

家里家外、屯里屯外分不清，帮着外人说话、出力。也说不知里外拐。这是水平不够，认识不上去。如果是“胳膊肘往外拐”，那就不是认识问题了，而是有意为之了。

不知哪头炕热

农村火炕，离灶坑近的，叫炕头儿，最热乎；远的叫炕梢儿，稍凉些，到下半夜就更凉。

比喻不知亲疏远近。也用于拿不定主意，二选一的时候，不知选谁是好这类事情上。

炕头儿，是老人长者的地方。来个客人，是至亲好友，特别在大冬天，得赶快让座说：“快上炕头。”犹如有厅堂的大人家的说“请上座”一样。

不知哪块云彩有雨

有个人广交朋友，酒肉朋友不多，那时没那么些酒肉。但猫戴帽子是朋友，狗戴帽子是朋友。动不动就说，那是我朋友。他爹跟他说：“你咋这么多朋友?”他说：“谁知哪块云彩有雨?”

不进盐酱

不听劝说，一条道走到黑。也说油盐不进。

不拉桌

客（读 qiě）多，送走这拨来下拨，成天招待，桌子都不用撤下去。“虎了吧唧的，这两天老财主家客可真多，他好像一辈子也没出过这么多的血。”

“让东屯张大鸡蛋告了，花钱消灾呗。”

不当刀

不当回事。

“拿支使人不当刀”，“撒谎聊皮不当刀”。

不白给

行，顶对，不是菜货。“白给”，与此词义相反。

不　赶

赶不上。不如。

“那块地，不赶这块。”“老三啊，不赶老二精明。”

不咋的

不好。拿考试来比方，不到六十分，不及格。常用来评品人。人格被评品为不咋的人，走到哪里，凡知根知底的，皆多一份戒心，怕被“烫了”。

不夸堆儿

不大够。“二十多号人吃饭，这点小米子，不夸堆呀。”

不 尿 你

不理，不当一回事。说者，必沾一点流气霸气江湖气。或是有靠山，有仗腰眼子的。人家如说：“那我尿你！”对话还怎么进行下去？那可真是尿不到一个壶了。

不 缺 嘴

不缺好吃的。“孩子也不缺嘴呀，咋还老是这么瘦？”现在才知道，吃得太多，只吃细粮肉蛋，遇到菜蔬就扒拉旁边去，都不好。营养平衡才行。

不得烟儿抽

不受重视，不受信任，得不到好脸子。环境太不顺。

不得施展本事，人家看不上，给小鞋穿。

从他人身上找原因，必要。从个人找原因，更必要。

如是现在一些真有本事的青年，遇到这种情形，也许会选择跳槽，炒“老板”的鱿鱼，那是他有真本事。

过去，血性汉子也不缺，他们会说：“此处不养爷，自有养爷处，处处不养爷，爷去投八路！”那是他受压榨忍不下去，不想再受剥削欺压，要振臂一呼了。

不是物儿

即不是东西、不是好玩意儿。把人说成“物”，内心、语气就都满含着看不上、瞧不起的轻蔑。

不远遐儿

不太远的模糊概念。分在哪儿说了。北大荒过去地广人稀，打听某某屯有多远，人家说不远遐，实际，至少也得有个三里五里。现在屯子密了，不远遐就缩短了一二里。城镇里有人打听老张家多远，还拎着不少东西，被问到的人又熟，答者就会说就前边那栋楼。

不见起

不见得，不大可能。“姑娘倒是愿意，她妈嫌彩礼少，说啥不松口，爹是一杠子压不出个屁的孬货，这婚事呀，不见起能成。”

不许会儿

没留心，没在意，没注意到，没经心。也说不许护儿、没许乎儿。

“你这痦子色浅，又小，谁不许会儿也看不出来。”

“他这么说了吗？我咋没许乎儿呢？”

不走字儿

迷信说法，就是不走时气，不走好运。其实，就是这一气遇到一些不顺利的事。从各方面找找原因，从自身想想问题，走出苦闷，比把问题推给运气，要有用得多。

不是个善茬子

善者不来，来者不善。居心不良，且手段多多。“茬子”，也说“茬口”。斜割下去的秸秆根子，又尖又硬，不留意踩上去，脚心会扎个血糊淋拉的。意思是不好斗的手。

不倒槽

家畜病得不吃草料，直打晃，也还不松套。引申为人见困难不畏缩，遇难关咬牙坚持。那叫一个刚强。

不着消停

一天地里回来，忙家里，手脚不闲。想起一句老对子，诗书传家久，勤俭济世长。

一天不着炕，也是此意。

不闪腰不岔气

意思是，不伤筋不动骨，做这点事小菜一碟。

闪腰岔气都是临时小毛病，不算什么。

不着调

就如同唱歌弹琴，常常跑调儿。说某人不务正业，不思进取，游手好闲。

不吃饭送你二里地

能说，嘴甜，会察言观色，顺着杆爬。家里来个客人，不留吃饭，送人出门走二里地，心还高兴哪。

不欠缝

事情成死结，没一点活动气。一口咬死，谁劝说也不答应。

不抗磕打

身体，更多是毅力、意志，不坚强，没淬过火，难以受得住磕磕碰碰，更不要说雷霆万钧的轰击。

不吃劲儿

一座民房，或因盖房包工头利欲熏心，是“驴粪球子外面光”的，豆腐渣工程；或因年久失修，风吹日晒腐蚀，想用一两根细木去支，而且支点不准，支杆不吃劲，恐难戗得住。

吃劲儿不吃劲儿是很吃紧的事情。

不顶磕

不禁磕打，遇到风雨艰难，就退缩。经不住困难考验。

拨拉不开

一件事交给他，一时不知从何做起。支配不开。

也叫“掰不开镊子”。

憋死牛

地方太狭小，连一条牛进去也回不过头来，出不来，活活憋死。
往往也指交通不便、极为偏远的小地方。
事情想得太窄，钻到不能回头的地方去了。

边框四至

轮廓，大体情形。
四至，过去地亩私人所有，土地执照（老百姓称大照）写明这块地东西南北到哪里。如今土地承包，也要确权，写明边框四至。

憋得像个下蛋的鸡

红头涨脸，迫不及待，原地直转磨磨。

瘪茄子

茄子在秧子上，长得精神有生气。一旦摘下来，放几天，就发蔫发瘪。
形容人遇到困难，受到挫折，就“蔫头耷脑”，像个瘪茄子。

背灯影

油灯光照不到的地方。暗处，不为人知。“掌柜的一点都不知道，你这活儿，不都干背灯影去了？有胭粉的往脸上擦，你可好，往屁股上擦。”被数叨的人心实，出大力干好本职活儿，不会搞面子活儿，不会整形象工程。

“这钱不是花到背灯影里去了吗?”

抱　蹲

没活儿干没地种，一时找不到生活门路，叫“抱蹲”，抱着肩膀，愁眉苦脸，在家蹲着，没咒念。“伙计，蹲不出高粱，抱不出谷子。老天爷饿不死瞎家雀，活动起来，北京人说的饭辙，总能找到啊。”

波棱盖儿

膝盖骨。

有位英国小伙，在我们省城一大学教英语。给新生上课，说了一句“波棱盖儿卡秃噜皮了!”惹得课堂大笑突然爆发。本地学生居多数，这句“经典”，从小就常听常说。男孩子淘，不少都是亲身经历过的。笑得师生心贴心了。再讲英语，课堂更热烈和谐。这句东北话，挺典型。卡，是抢，是摔，秃噜在这里是脱落的意思。皮，是普通话了。

此后在校园里，它成了最流行的东北嗑儿了，正经火了一气子。

避猫鼠似的

像耗子见猫那样害怕瑟缩。老实了，不敢喘大气儿。

鼻涕拉瞎

鼻涕擦不净。孩子委屈，抽抽搭搭地哭。妈就劝说：“快擦擦，若不，鼻涕拉瞎的，人家该笑话了。”

蹦　　跶

跳着走；做不得人心的事，还很活跃。“让他蹦跶去吧。”“看他还能蹦跶几天。”

拨拉头甩角

头摇晃，甩犄角。牛时有这个动作，如蚊子叮一下，它又无法去拍，只好如此。

借喻人不驯顺、不服管、不服气，又不敢明说，只好歪脖，扭脸，瞪眼，转身。也含有“像头牛一样”的意思。

玻璃棒子

不是玻璃棍子，是玻璃瓶子，装酒装酱油那一类的。“嗬，拎这么大一棒子高粱烧，干啥去?”那人高兴地把三斤六两装大酒瓶子举起来晃晃：“会亲家!”

棒子，本地人对操外地方言人的称呼，比如“山东棒子”，里面也含粗壮倔强之意。

别拿豆包不当干粮

黏豆包，东北农村主食之一。黍子磨面，是大黄米，红黏谷磨面叫小黄米。发酵后，都能包豆包。豆馅分大芸豆和小豆两种。大黄米大芸豆馅为上乘。一出锅，黄亮亮一笼屉，热气氤氲飘散，亮色也随着飘忽闪动变化。要凉一凉再吃才好，劲道，很糯。夏天锄地，家里送饭到地头，大半送的水饭黏豆包咸菜。抗饿。过大年，也要蒸些冻上，放在大缸里，用时一馏，妈、嫂子、姐妹，也该轻松一点不是。

卖功夫的，也有诙谐农民，创作了一个新词，调侃自己是顺垄沟找豆包的。有人端起碗吃饭，放下碗说这句，意思就变成轻蔑了，不大够哥们意思啊。

然而，这很抗饿的食品，其他地方的人，不大认。这让东北人心存惆怅。

办事被瞧不起，就冲口而出："别拿豆包不当干粮。"意为，别以为你行我不行。

第 三 章

撮　　咕

背后“烧火”，撺掇，挑拨。不过是拿人当枪使，借刀杀人。是一种小阴谋。

凑　　手

多指眼前办这事，手头上银钱宽裕。添个“不”字，就是紧巴、不宽裕。

草帽子盖绞锥，有尖不露

关东的草帽子，秫秸编就，尖顶。绞锥，是大铁车上捆紧所载庄稼秸秆茅草等物的器具。约二尺半长，半尺粗，绊倒驴萝卜形，粗端有孔，穿活动绞杠。尖端插入大车装载的秸秆中，绞捆绳使之牢实，便于运输。看来一个小发明，也是因需求而生的。

草帽子扣到绞锥上，绞锥的尖就露不出来。

奸猾者善伪装，是其本义。

俏皮话。

错翻眼皮

看错了。“想整我的，还没下出来呢，别错翻眼皮!”

一个“下”字，骂人不轻，不是人的意思。

搓　搓

反复摆弄、修理、玩弄。“你可饶了这个狗崽子吧，戗毛戗刺（毛焦）的啦，眼看让你搓搓死了！”小孩子喜欢小狗崽，又顶门儿（顶脑门）又亲嘴，摩挲来摩挲去的。他哪里知道轻重，喜欢往往变成搓搓了。

搓磨，意相近，孩子在妈妈怀里不愿离开，妈妈说：“儿子出外边玩一会儿，妈都让你搓磨累了。”

也说“揉磨”。

刺　挠

痒。过敏等许多原因造成。弄得抓耳挠腮，甚至气急败坏。平静些，反觉得轻一些。

呲　儿

斥责。被斥责叫“挨呲儿了”，也说“挨崩了”。还可以说“数叨我一顿”。“还这么糊弄，又想挨呲儿了？贱皮子！”他自己难受，背后说，又挨狗屁呲儿了。

呲　边

不合群，也说“不和联儿”。跟人群“向远”。三五个人一起走路，说说笑笑，他不是“煞后”，就是“呲边儿”，跟大家拉开一段距离，不即不离地在路边上走。

这样现象，哪能没原因？意见分歧，对其中某个人有大意见，自认为与那些同伴不是一个层次上的人，人家比自己优越，等等。心事重重，但不是不屑为伍的高傲，孤僻。

呲，还有坏了、砸了的意思。“你看，这事让你整呲了。”

呲风岗子

四周都是平原，孤零零凸出一片高地，称岗子。平地上，感觉风还不大，柳枝自由自在，悠闲地轻摇轻摆。到了岗子上，帽子忽然被吹掉。草呢，平躺着，它倒是想直起来。可是一抬头，又让风给按下去。风比平地大些，要不咋叫“呲风岗子”呢。

呲　　拉

让风吹一吹，晾一晾。

“挨浇了，咋不快跑两步？换件衣服吧。”

“哪那么娇性？这不天晴了，一会儿出去风一呲拉就干了。”

刺　　楞

刺楞，是象声词。如“我正在山道上走着，刺楞蹿出一头野猪”。

蹿　　台

庄稼苗中，有那么几棵，比其他高很多；孩子个头比同龄伙伴高一头，人们都说长“蹿台”了。

戳

“死个丁”站那儿，看人家忙活。

管事的会说："老戳到那儿干啥？伸伸手！如不，旁边去，别挡害！"

这位爷，不是"没眼力见"，就是"死木头疙瘩"。

戳，立，带贬义。

"卖不了的秫秸戳着吧。"

秫秸，高粱掐去穗。可以夹障子、编炕席、当烧柴。平时都是垛着，到柴草市卖时，才立那儿。

戳脊梁骨

做了损事坏事不得人心的事，人们当面不说，他一转身，人家会指他脊梁骨，说这小子，不是东西！

茬　　子

硬气对手。吃生米的。"这回他算遇到茬子了，没看霜打的茄子，蔫了？"

下狠茬子，出狠招，出重拳，一举致敌要害。

岔　　纰

（弄）错。

二毛愣要去镇上。马大扁头遇见，说："兄弟，给我捎个碱瓶子。"二毛愣说："哥，没冒，瞔好吧。"晚上回来，却给他捎来一斤煎饼。马大扁头一愣，说："我要买的是装碱的玻璃瓶子呀！"二毛愣一拍大腿说："哎呀妈呀，这事整岔纰了！我寻思你是山东人，馋煎饼了。"

朝　哄

场打完了，黄豆装在大号麻袋里。一袋二百斤。

几个车轴汉子，往院内粮仓里扛。有个新来短工，在那儿看半天。

打头的说："咋的，想朝哄朝哄？"

短工说："那就朝哄朝哄！"

试试，照量照量。

拆墙拿耗子，大干

为将墙下洞里的耗子拿住，把墙拆了。投入产出不成比例，不值当。实际这么干的几乎天上难找，地上难寻。夸张，为了突出"大干"两字。

旧时叫"阴损"。这样的人，常是苟苟且且的那一类里头的。

唱呀儿幺

挺吃紧的活儿，压到头上，此人非但不撸胳膊腕，煞下腰去干，反而没事似的，悠闲自在，唱起"咿呀一更里，月牙才出来……"不是没心没肺，就是别有缘故。

场出地打的

场是场院，秋收打粮处；地是田，生长庄稼。意思是自家出产的。习惯说法，应该是"地出场打的"。

一粒粮，一滴汗，一茬粮，三春盼。大过年积肥，粗糙的手皲裂，在"野马"（氤氲地气）鸟鸣中播希望，在烈日炎炎汗如流水中耕耘。哪有这句话这样轻快！

秋后，在院子前边，马拉石磙，轧平一块场地，白天干地里活，月光下一串马拉磙子，吱扭扭地响在人们的睡梦中。庄稼一进场，铺在场地上脱粒，也是用马拉磙子。黄大豆红高粱扬场进仓。这句话意为自家产的。“不就是几升粮吗？拿去用吧，反正是咱场出地打的。”庄稼人虽地里刨食，却该慷慨就慷慨。

杵胡子

事办砸了，糟啦。“劝你不听，这回杵胡子了。”

胡须杵上墙，杵上地，那脸还能好了吗？

杵 咕

背后说人，添油加醋。

也说出出。

另，鸭子吃食，也叫出出。

杵绝横丧

硬，哏，豪横，总是丧门神的脸子，什么有修养的人，遇上这样的主儿，也够头疼了。

横是蛮横，丧是脸子拉拉丧门星。遇上这样的，像欠他三百吊，谁不躲他远远的？

扯仨拽俩

多指女人跟几个男人关系暧昧，说不清，理还乱。连扯带拽，踢了秃噜一串情人。跟上了这个，还向那个抛媚眼。不是多情，是阴晴多变。

扯

瞎说，白费劲，不贴边，不靠谱。

“扯瞎话”“瞎扯”，撒谎。“扯淡”，没正经的，白话。“胡扯”，乱整。“扯犊子”，扯谎，扒瞎，胡说八道。

扯老婆舌

张家长李家短，王二麻子三只眼。一天传瞎话，讲究人，小广播，以讹传讹。左邻右舍的，跑惯了腿，却管不住嘴。可能女人多些，所以才这么说。

扯着耳朵腮动弹

几代人住着一个屯子。儿女亲家，又找了亲家，不用太往远算，也是亲戚套亲戚。外人惹着了，就都不满意。利益共同体，更是如此，谁扯了张老三的耳朵，后边得小心李老四的脚，冷不防踢你屁股。

事物互相间都有联系，关系千丝万缕，往往牵一发而动全身，特别亲朋好友圈子内，更是如此。

多指负面事物。一些人互相瓜葛，形成利益链，甚至利益集团。触动其中之一，链或团中人，都会耳朵竖起眼睛瞪起，必要时，那就行动了。

《红楼梦》中，贾王薛史四大家族便是例子。

扯 犊 子

常用来骂别人背后编派人。

“犊子”，骂人是牲口崽子。

铲把刀子脚

铲刀子，就是锅铲子。过去一家人多，锅大，铲刀子比较长。

形容小脚放开，虽然不太大，但像铲刀，形象不佳。

语气中含有嘲讽。过去讲究三寸金莲，女人不裹脚难找婆家，更难找好婆家，这恶俗虽衰犹存节骨眼上，礼教势力，对此进步，嘲讽难免。

有点历史内涵啊。

长毛儿搭撒

须发长期不剪，长而散乱。

敞　　亮

房屋高大，正房，大玻璃窗。可谓窗明几净。敞亮！

引申为明白事理，通达人情，爽快利落。

成葫芦瘪葫芦

比喻。不知道孩子能不能出息。

“别看眼下《百家姓》念得挺熟，这才哪儿到哪儿，道长着呢，还不知道成葫芦瘪葫芦呢。”

丑妻近地家中宝

庄户人家以种地为生，所以家里那点地是命根子。那就得调动一切有利因素，把地种好。幸好，所种之地离家甚近，减省多少往返奔波，增加多少劳动效率，还可以及时照看，不是宝又是什么？

丑妻为何也是宝呢？丑妻自知条件低，会实心实意，苦干实干，好生看顾孩子，精心赡养老人，来抵消自己的不足。农户青年，父母命媒妁言，找这样媳妇，开始可能情绪打不起来。越到后来，越觉得屋里人宝贵了。这是旧时被东北父老视为格言级的一句话。

吃不上四个菜

一顿吃四个菜，那得趁，或者有势。“那个二杆子，一辈子也吃不上四个菜。”就是说他没啥出息。

“趁”，底垫厚，有钱，就是趁钱。“不趁几个，叫花子见他，眼皮不撩一下。狗见他，格外叫得凶。

吃屎也赶不上热乎的

农村狗吃人的粪便。不顶对的狗，也抢不上热乎的。常说人太不行，干什么都慢。那有出息的标准，就是发点财，做个官，能吃上四个菜。

吃惯了嘴儿走惯了腿儿

总找便宜找地方抹油嘴，惯了，不好改了；总往勾栏酒肆跑，惯了，不好改了。

好习惯出好人，好人常有好习惯；孬习惯出孬人，孬人常有孬习惯。

轻视哪怕不起眼的坏习惯，离后悔就一步之遥。耸人听闻吧？不，不。想想，既然已经叫习惯，那就说明不良习惯时间不短，影响很深了。

吃 香

受青睐，坐头排，好事不请自来，坏事绕他走开。背后原因，千姿百态。苦苦思索，连声唉唉。

这两个字，还含蕴两个字，曰酸，曰辣。

吃饱连狗都喂了

就是跑腿子，全家一个人。此语乃自嘲。腿肚子贴灶王爷，人走家搬，也是这个意思。

跑腿子，多为外来谋生的。先是农忙，从县城工夫市被大粮户雇来或铲地割地，后来落了脚，靠扛长活或卖零工生活。也有有一技之长的，比如，是瓜把式，年年种瓜卖，所得与地主分成。我们小屯，就有一位，不知其名，背后就叫他施山东子。从关里家逃荒过来，此地有亲戚或屯亲，落脚扎根。

吃生米的

生性蛮横、不讲常理、输打赢要、见人欺三分的那路人。容易成为强梁。

吃 猫 食

饭量太小。这样人常常软弱，行动脚步轻，乌悄的。

吃屎的货

没能耐，没章程，处处不受人待见，受气包子，“蹚朗子”（指受愚弄、费力不讨好或没有威信的人），人老实被人欺，马老实被人骑呀，所以被说成“吃屎的货”。

吃五谷想六谷

五谷，古代有几种说法。《周礼》郑玄注中说是麻、黍、稷、麦、豆。《孟子·滕文公上》中说到五谷，赵岐注说是稻、黍、稷、麦、菽。为何不同？两文时代不同，地方不同。此语意思是五谷都吃遍了，还想吃第六种粮食。比喻人们不知道满足。

吃一百个豆都不嫌腥

生豆子，有腥味儿，尤其黄豆。一般误吃一次，下次嫌腥也就不吃了。可是一些人不吸取教训，屡腥屡吃。有再一再二，不应有再三再四。教训不及时吸取，最终想吸取，却已深陷泥潭。

吃 劳 金

当雇工，比如雇农、扛活的或买卖家站栏柜的（也叫年轻的）等等，吃的是自己血汗钱。

吃租。另一回事了，吃的是租金。

冲

呛人。有人装一锅子黄烟，拿火绳点着，立刻一阵咳嗽：“真冲，呛得慌，亚布力烟吧？”

“你说话这么呛人，吃枪药了？”

势头强劲。“他，冲着呢，常拿顶人不当回事。”

冲肺管子

一两句话，说到对方打忌处，冲了人家肺管子，点了人家的炮仗捻子。想一下，就能知道对方是何反应。当然，百人百性，反应会因人而异。

揣着精明使糊涂

本性精明，心里一清二楚，但硬装糊涂。一种处事策略。

缠头裹脑

各方面因素相互渗透，纠缠一起，理不清楚。

抽筋扒骨

难受，不舒服。有人打哈欠，伸懒腰，旁边就有人说："咋的啦，这么抽筋扒骨的?"干点活，不情愿，父兄会说："愿干就干，不愿干就走，别这么抽筋扒骨的，让人看着都难受!"

抽抽巴巴

风干瓜果，缩水衣服，都可以用这个词来形容。

抽　条

在人们不知不觉中，大小铺子的人工生产的东西，渐渐缩减分量，价钱反升。

全话：人奸地薄，货物抽条。这是穷苦人当时买东西的深切感受。

抽　　红

设赌抽头。参赌的赢一把，抽一次红，比例不高，看来不多，架不住把把抽。大家都输，就放局的稳赢。再加上还卖香烟小食品，半夜加卖水饺。热气腾腾，香气扑鼻，一边狼吞虎咽，一边眼睛瞪得鸡蛋似的，一直在牌上。你说这东家，虽说不能立刻发得“嘁哧窟喳”（形容面等发酵迅速，现多形容发大财），也得盆满钵满吧。这都是解放前。

东北解放较早。一九四九年前后，号召并帮助从事黄赌毒业的人自食其力，重做新人。很快就见成效，不仅乡村，大小城市也一样，这种害人害种的乌烟瘴气，被融融春风吹得踪影不留。解放区的天，是明朗的天！

抽（瞅）冷子

猫一般盯准对手，确认一瞬间那对手无警惕，冷不防，来个闪电般突袭。

这个冷子，可是得看准，判断正确。不然，对手佯装，引人上钩，可就惨了。

船头跑马无出路，竹筒无节两头空

船头怎么跑得了马？无节的竹筒什么也盛不了。

没指望。

臭

名声不好，“别提他了，顶风臭四十里”。

棋艺不佳，“你这臭棋篓子”。

“不知香臭”，分不清好赖（好歹）。

被形容的名词如嘴、手（赌博是不抓好牌）、货等，一挨边，立刻变味。被它形容的有诗意的词，如美，就变到反面去了。

臭的也有变香的时候。近来“臭小子”的“臭”字，就是臭豆腐的臭了，臭中有香。

臭（xiù），本义是气味，后来才专指不受欢迎的那种气味。人有造化弄人之慨叹，语言也有此情形。其实，变化也弄人。

臭鱼烂虾，送饭冤家

有了鱼虾，哪怕是稍稍变质的，就着饭，也是狼吞虎咽。可以看出过去生活何等困难。鱼虾可不是平常物啊。新四军伤员在沙家浜养伤，老乡起早贪黑打鱼摸虾，自己不吃，送给伤员。伤员吃胖了，都担心这样下去，路也走不动山也不能爬，不能上战场把敌杀了。

有报道说高档饭店，一席山珍海味，为了炫耀钱不是问题，动几筷子就进了泔水桶。这可能是先富起来的聪明人。群众呢，餐桌剩菜剩饭，年浪费食物可当一亿人一年口粮。令人惋惜。

“成由勤俭败由奢”“一粥一饭，当思来处不易；半丝半缕，恒念物力维艰”等古训，有一定道理。

福，人人盼，盼到手万勿糟蹋。不然它一动怒，找别人家去喽。

惜福福始常。看似唯心，实乃唯物。

臭派人

故意夸大负面事实，意在贬低他人。人家会急赤白脸说：“少来这套，这不是臭派人吗?”

春天比粪堆，秋天比粮堆

虽说人勤地不懒，但无肥粮少。

“庄稼一枝花，全靠肥当家。”

搋咕

光脚反复踩泥。黄泥，掺上“羊角”，反复踩，就是搋咕用来“脱坯”垒屋用，踩不好，坯晒干后也不结实。

引申为整治人，打击、凌辱人。

“就你这小样的，还敢背后下刀子，你看我怎么搋咕你!”

“羊角”，羊草用铡刀铡短，掺入泥中，有拉力。

抻

原意，两头拉着能伸缩的东西，慢慢使其变长。比如炸油条、麻花。拉面，也叫抻面。男孩子打弹弓。

引申为，立等可取的事，会有意今天推到明天，明天推到后天。慢腾腾不着急。

引而不发。

拉一拉，拽一拽，扯一扯。“关姐子，大襟皱皱巴巴的，快抻抻。”

本是一个动作，借用到事务上，拓展了原来意义。“你可真有抻头”，是说本来着急的事，却不慌不忙，迈方步放四棱子屁。一种人是性子慢；另一种，故作深沉，有心计又不那么成熟圆润。

“急什么，抻着他！”言者有城府，有小计谋。答应给人办事，又放长了钓鱼线。抻是一种手段，增加的是获利筹码。急性人受不了这服药：“不说行也不说不行，就这么抻着。你是我爹行吧？我给你磕头，给个痛快话吧！”

“抻着点来”或“悠着点”，如今劝人简化为“悠着点”。

趁亮好找宿

拿赶路作比方，趁着还没黑天，先找个店，荒屯野岭再加黑天，宿可就不好找了。趁早做准备。

东北原来地广人稀，两个聚落离二三十里。

嗔　着

“嗔着我不让他雪不化净就脱棉裤了，一甩搭就走了。你说说，春捂秋冻呀，不是为他好吗？”

因为什么事情，心生不快，发小脾气。多在亲密人之间发生。

成本大套

详详细细、有系统地从头讲起。

本，指剧本、连台本，大套，指套曲。都是从头到尾完整讲述。

肠子都悔青了

后悔得没法形容。肠子青了，必是遭到重创。

悔之不晚，还好。怕就怕晚也不悔。

扯　　拉

拉扯。

特别是孩子多，当妈的手脚不沾地，自己还顾不上梳头洗脸，鞋趿拉袜趿拉的。邻居有站着说话不腰疼的对人咬耳朵根子，说："大嫂忒愚囊。"大嫂恰巧听见了，说："若不，你这利索人来照量照量？不用多，半拉月，就兔子挂掌，就得顶不住烙铁，那就看出到底谁愚囊了，喊！"

撤 梯 儿

原来支持，忽然不支持。就像借你梯子，让你上了房，梯子却撤下去。

车轴汉子

过去东北大铁车，笨重结实，七套马拖曳。那车轴很粗，枣木的，轮毂接触处还镶以铁件。矮、粗、结实的中年男人，被称为车轴汉子。

车前马后产前产后

车老板子（赶车的，车夫），坐在车耳板子上，是高危岗位，易受马踢车轧。孕妇生孩子前后，危险性高。

车轱辘话

一套话，一会儿重复一遍，如同车轮转一圈又转一圈。

车怕翻，事怕掂

大车一旦翻了，人们会分析回忆出许多翻车原因。

事情反复掂量，或可找到打开死结的钥匙。

穿连裆裤

关系密切。也说穿一条裤子。多指狐朋狗友那类人说的。不然，就说“两个人好得就多一个脑袋”。

穿堂风

从前窗吹进，过堂屋，从后窗出去。好比江水进入狭窄江道，流速骤然加快。身体弱的人，往往会受风寒。

串种

垄挨垄种两种苞米，两种杂交，其粮食都跟本种不同了。

孩子长得不太像父母，好开玩笑又不见外的人说：“老三，儿子不像你，咋整的？串种了吧？”不过，这种玩笑，轻易开不得。

“串巴”，一副纸牌，其中几张与另一副掺在一起，就是串巴。也叫“串笼子”。

“串皮”，喝高了，脖子前胸都红。

“串烟”，火大饭煳。煳巴味都串到饭里去了。

第四章

搭　　搁

寻找，打听，介绍。为了做一笔生意，或办成一件事。

“遇到这事儿，钱不凑手。这几间厢房，想卖，你认识人多，给我搭搁搭搁呗。”

打八家子

过去开荒占草，屯落一般都不大，三家子，小北屯，泡子沿儿，连名字也小。我出生的屯子叫三马架儿，马架子就是简易草房，一共三所，能住几家？

还真有叫八家子的屯子。

某屯有一家的媳妇或婆婆，竟然能够打架吵骂涉及八家，那得占多大比例？差不多是打遍全屯无敌手，能不出名？所以外号美誉“打八家子”。谁见到她，都多少有点打怵，心里提防着呢。能躲便躲。

八，是个虚数。

打 冒 支

打着他人旗号，冒支钱款，冒领物品，冒办事情。

说得有鼻子有眼儿。那时候没有电话，更不用说移动电话，可以问问。不信吧，又怕对不住那旗号，不是亲戚，就是朋友啊，真一口回绝，下一回可怎么见面？

将信将疑时，打冒支的又做出要离去的姿态，加一把火，加一句钢，或钱或物，就不翼而飞到他手上去了。

是一种很原始的骗术。比起现在国内外电信等骗术来，小巫见大巫喽。那是何等高手，技术何等成熟，智商绝对非常人可比，见招拆招，广泛得手，大面积丰收。老打冒支的，当然活不到如今。假如活着，也得撒泡尿浸死。也不过一丘之貉，阴沟里的事情。越“高明”危害越大，其人也就越为人厌恶。

打铁烤煳卵子——不看火候

火候是分寸程度。不把握好，挺好一锅饭也会煳了串烟。挺好的朋友突然翻脸，还不知道盐是咋咸的，醋是咋酸的。

打骡子马惊

骡子与马，大多在一个圈里养着，在一挂车上拉套。

你打了骡子，马能不害怕吗？

张三李四都要奸偷滑，手脚不利索。东家与张三“算账”（辞退），李四不寻思寻思吗？

只五字，抵多少描述？

打到的媳妇揉到的面

就是夫权观念的反映。讲三从四德，在家从父，结缡从夫，无夫从子。夫家认为，不打服了媳妇翻天，那便有牝鸡司晨的危险，大权旁落呀。

揉到的面，柔软，做出的包子馒头吃着香，是这么个理；拿它来比喻打媳妇，强词夺理，伪命题嘛。

打 横 儿

阻挡，设障碍。

“打”者得“横”，往道中间一躺，车敢开过去?

打水漂儿

贴水面抛出小石片，石片在水面连续跳跃，激起一串同心圆涟漪，谓打水漂儿。借用石片抛出去回不来之意，说不值当的损失。

“这钱，打水漂儿了。”

寻寻觅觅，拣一块尽可能圆薄光滑的小石片，或者硬泥片。

哈下腰，找好与平静水面的角度，找好感觉，发力贴水面甩臂抛出。水面弹射石片，它便不由自主地跳荡，像在水面上欢快地大步跑。于是一串同心圆涟漪，由近到远，由大到小，由稀到密，节奏均匀地浮现，直到石子沉没。这一串神奇涟漪相互轻微荡漾，柔美地彼此融入，渐渐地扩散，扩散……

泡子的水面复归平静，岸边杨树绿色倒影，又从水底漂上来了，一动不动，好像平静地看着岸边那个沉醉得也一动不动的农家男孩儿。

这就是孩子们的“打水漂儿”。

然而到他们大了，当家主事了，有一次钱花去，事没成。他后悔不迭，说:“这不白白打水漂了吗?”于是，借喻的“打水漂儿”流行起来了。

打小旗儿的

唱戏，当官的出场前，有四个打着小旗的兵卒，先碎步快上列于两旁。

喽啰，小兵，配搭，站脚助威。

借喻某人在某团体内，是个小拨拉脚子，完全可以忽略不计。

打伞不赶云遮日，扇扇不赶自来风

不赶，赶不上，不如。

打伞只罩一点阴凉，云遮日阴凉就大了。扇扇子只是一丝凉风，自来风普遍风凉。

打开口袋嘴儿

生了头一个孩子。比喻口袋嘴儿解开了。

“这一打开口袋嘴儿，踢了秃噜连着好几个。”

打 提 溜

孩子拉着大人一只手，蜷起腿来使一双小脚离地的动作。动人的亲子游戏。

打不开点儿

钱不大够花，手头紧。账主讨债，就以“这几天手头打不开点儿，宽限些日子吧”来应对。

打成帮恋成块

加入一个圈子了，常常凑在一起。不在一起，就觉得心里空落落的。

人以类聚，物以群分。没有共同志向、爱好、情趣，难以如此。

有一点贬义：“成天粘毛粘似的，跟那些好逃学的孩子打成帮恋成块。”

也别忘了：近朱者赤，近墨者黑。东北嗑儿说：“跟着啥人学（读 xiáo）啥人，跟着萨满（跳神作法的巫师）跳假神。”不要说跟着，就是看了也模仿。屯子头天夜里，有人家请大神儿，一跳跳到三星老高。第二天甸子上，就有淘小子们，敲破盆子，呵呵咧咧地学，还比赛，看谁学得像。嗳，笔者也在其中。

打完仗想起把式

把式，武功招数。打完仗想起招数，没大用了。功夫不到家呀。还算想起来了，想起来，就加紧练，以利再战。

打仗没好手骂人没好口

火气爆发，鲁莽地就打人。既然是爆发，一时哪想到下手留情。骂人呢，为解气，冲口而出，考虑什么轻重。

祸端往往起于此刻，慎之慎之。

打盆论盆打罐论罐

就事论事，别往其他事情上扯。就事论事，勿及其他。

打 哈 哈

说笑话，插科打诨，闹着玩儿。也说打哈哈凑趣儿。

打 返 回

后悔。“当时你把好汉子当了，倒好，这阵儿打返回了。”

打来回，是去了再返回来。

“我打个来回儿，你饭还没蒸熟呢，酒还没烫热呢，不信打个赌。”

媳妇爱抚他一眼：“飞毛腿呀?”

打酒朝提瓶子的要钱

经手办事的人，要负责付钱。卖方直接跟他说话。一手钱一手货嘛。

打耗子还得个油脂捻儿呢

油脂捻儿，煒过油的猪“箱子油”（水油）渣，就是“油吱拉”，下在夹子上引诱耗子。诱饵不香，钩儿不上。

隐含的意思是，干什么都得下本钱。

空手套白狼，也得本钱，险。

狠点儿的，叫“舍不出孩子，套不住狼”。

打 哏 儿

迟疑一下，停顿一会儿。不是有难言之隐，便是欲言又止。

打 掌 子

临时替补工。雇工，因事因病，一时不能上工，东家就得找“打掌子的”。

掌柜的雇人，一个萝卜顶一个坑，他都深感“吃亏”；顶两个坑儿，贪意稍平；最好顶多个，这才觉得公平。因为这样人，嘴上不说，骨子里永远是我这小买卖，利益第一，得永远第一。

打心往外

愿意，十分愿意。“掏心窝子。”

但人世总不能尽如人意。愿意，又不能不做相悖的事情。心里有愧，遇机会，要解释一番，开头，备不住就用上这一句。

打囫囵语

模棱两可的话。两头堵，说了等于没说。

有难言之隐，或明确说，会得罪人，而此人得罪不起。自己也吃罪不起。如此，不含含混混、语无伦次也难。

打个滚儿

干累活儿后，少歇一下。文辞叫小憩。

歇晌了，小半拉子锄头往地上一扔，就地躺下，说：“可得打个滚了。”

马、骡子、驴，一卸套，有的会在院子里打几个滚，站起后四蹄撑地，狠抖落毛，灰尘中打几个响鼻，可能还会仰天长嘶一声。轻松了，上井沿喝水去了。

劳动者，从中得到感触，便产生了这个词。里面有幽默有自嘲有乐观也有某些辛酸。

大雪包天

概括雪大的词，雅的雄奇豪壮的婉约的，难计其数。几千年几百代，给人各种美，美给了各种人。

如讲把雪大说到极处，这句东北嗑儿有入选资格。也许它是从胆大包天启发而来？更可能，在漫天大雪封闭中，有人惊呼，口出心声而来的。如同天似穹庐，笼罩四野一般，自然天成。

大雪壳子

“大雪包天”之后，呼呼大风吹个十天半月，一两米深的积雪，坑坑包包，盆底高山，断崖峭壁，看不胜看。许多弧线变化曼妙。东北先人称之为大雪壳子，达其意，绘其形。

大烟儿炮

暴风雪。其他地方有叫白毛风的。轰隆隆震撼人心，名之以炮。弥漫飘忽，如烟如雾，不见其外，曰大烟炮。

同音的“大烟泡”，是鸦片膏子捻成小粒如枣核，吸时在大烟灯上烧烤，起泡生烟吸入。其香氤氲满室。

大车响，萝卜长

一场西北风，江河流水好像不那么欢了，伸出手去有点像猫咬的，大地上冻。傍晚，家里面躺着坐着，远远听到咣咣当当的响声，就知出门的大车从屯外冻道上回来了，赶快开大门迎接。

大车响，上冻了，地里别的作物地了场光，可是萝卜还黑绿。大叶子给根子遮霜挡寒，只要根不冻，它就还生长，而且只有这时候，才能长得开，不哏不辣咯嘣脆，有一丝丝的甜。也保存时间长。

《世说新语》上有一则故事，郭林宗至汝南看望两个人，第一个一走一过，尽个礼数而已，“鸾不辍轭”，第二位时间很长，“弥日信宿”（一天两夜）。

鸾不辍轭，是说马铃一直响着，就是马未停蹄。避免直白，使读者如闻鸾声。

“大车响”一语，不直接说天已寒冷地上冻。与此有异曲同工之妙。

可以入农谚之列。

大萝卜说梦话，你拔（罢）了我了

收萝卜都是拔。萝卜说，忽拉巴地你拔我干什么？忽拉巴是没来由地、忽然地。

“你罢了我了”，是说你这是咋回子事呢？你得了吧，你拉倒吧。借“拔”实际说“罢”。

大风刮来的

跟天上掉馅饼一个意思。“这白净净的纸，划拉完了就撕，划拉完了就撕，你当那是大风刮来的？”

天下没有免费的午餐。

大风，倒是能刮来枯叶、转蓬、土路上的灰尘、邻家的垃圾，反正是一些没用的东西。家里有用的，柴米油盐酱醋茶，特别是金银珠宝大小钞票，那是刮不来的。家里有人浪用了这些可以活命、赖以生存东西，老爹老妈，当家的掌柜的管事的，当然心疼肉疼，痛切地教训一句：“你当那是大风刮来的呀？那是汗珠子摔八瓣换来的。小子你什么时候知道点日子过呀？”

不过这都是土里刨食的人家，眼界也没那么开阔，不知道使船的人，吃穿用度真得拜信风所赐，当然也不知道外国还有风车风磨。生活在现在的人自然也会知道风电是个了不起的东西。

大　头

不是说头部过大，而是说常上当、吃亏，还自以为是。也说冤大头。“谁能老让人家拿大头，谁有瘾哪？”

若是“大头儿”，意思可就全变了。一根木头，根部称大头儿，梢部称小头儿；两人合伙出钱买东西，出得多的，叫出大头儿。

大头儿，是本队、本大队最大头头儿。要当面称大头，又恰好人家脑围大，大头儿脸红了，说的人，脸怕是得紫了。

加一个儿化音，变成两回事。

大不见小不见的

大问题看不出来，小事也就那么着吧，给个面子放一马。

大的东西不偷，小小不然的玩意儿顺一点，人家也就不声张了。

大家驴大家骑

是大伙的，反正你不用他用，不用白不用。用过了呢，还没人正经喂点草料，瘦就瘦吧，反正是大伙的。这么几个“反正”的结果，是那头驴倒霉，又要驴儿跑，又要驴儿不吃草，半年一年不趴架，算它命大。有支歌儿唱道：“我有一只小毛驴，平常也不骑。为啥不骑，爱护舍不得。为啥舍不得？那是自己的。”

这是一个事实，不仅在毛驴上。

要是大伙的和自己的一样爱护，那就理想了。

大 荒 儿

初步有个轮廓，有个框架，尚欠进一步加工或具体落实。“插犋换工的事，商量个大荒儿。就等你说话了。”

比如木匠要做个斧把，先要锛个雏形，这就叫斧把荒子。

学徒或刚出手，内行就叫他们小生荒子。

“那事儿，咋样了？”“有个大荒了。”

“大荒”，辽远广阔未垦荒原，例如“北大荒”。也叫大荒片儿。

大眼子木匠

好木匠做工，讲究卯榫相连、严丝合缝，成“一块玉”。混事的，缺乏严要求精神，技术上不去，一件活儿糊弄着，能交差就行。卯榫一接，逛逛荡荡。咋办？加楔片。看来好像紧密了，其实必然四角畸扭。人们就叫他们是大眼子木匠。

后来还有“钉子木匠”，干脆免了卯榫，大钉子一钉，完活。对不起鲁班啊。

大气儿不敢出

被严厉管教怕了。遇到这种场面，连大气儿都控制着，很怕招灾惹祸。背后人家会说：“那算怕怕儿的了！”

大伯子背兄弟媳妇过河，挨累不讨好

夫之兄，谓大伯子，称呼随夫，称大哥。过去礼教甚苛刻，男女有别，授受不亲都被指责。大伯子与弟媳，更是被认为需严加防范的。

背，是亲密接触，过河更是衣湿狼狈，跌跌撞撞。与礼教大相径庭，被人耻笑，舆情不容。然而不是救命逃命等紧急情况，这场面不会发生。见义勇为，挨了许多累反而要受指责嘲笑。

比“吃累不讨好”形象生动。把吃累、不讨好两点，都强化了。

地了场光

地里的庄稼收割了，运到场院。磙子吱扭扭响，好风来了就扬场，金黄粮食收到粮仓，所以场也光了。

出了大事，一年盼望，什么都不剩了。

“这场大病，花了个地了场光。”

地出溜子

个儿小，碎步飞快，身材灵活。

出溜，冰雪地上，路滑，跑几步助力，双脚前后一站，能滑行很远，叫打出溜滑。

东北农村与偏远县城，打出溜滑，是孩子们最得意的冰雪运动。比赛谁滑得远，谁姿势好看。欢呼大喊嬉笑，一切都抛在脑后了。暮色苍然，有妇女喊：“小豹子，还不回家吃饭？苞米楂粥都凉了。”大家这才恋恋不舍散去。

远近各家，吱吱扭扭、咣咣当当的门声响起。很快，豆油灯微光东家西家地熄灭。

月亮与星星，水洗了一般纯净。

邻屯，不紧不慢地，传来几声犬吠。

胆突的

挺神的，害怕的时候，竟然还能觉得出胆子突突跳。那时候人们缺乏科学知识，认为胆是管怕不怕的，心是管尖傻的。在错误前提下推断，必错无疑。不过，约定俗成，力量不可小觑。

也说“胆突突的”。

单崩儿

一个人离开大家，不成帮不成伙。江浙说跑单帮，意思相近。

道上走着

事物在发展中，一时还看不透，不要轻易下结论。“这才哪儿到哪儿呀，在道上走着呢。”

叨

鸡鸽米，就是鸡叨米。

引申为巧取，不费劲得到。“一把就叨了五千块!”

叨 抓 的

东家黄瓜顶花带刺，摘一根，西家李子红了，挂了白灰儿，搋（chuǎ，趁，抽）人家看不见，揪几个。常了，人家会说那人手不老实，叨抓的。

还有，闹着玩儿，好动手动脚。女孩子不高兴了，会说：“干啥呢，总叨抓的?”

刀口药上眼睛爱受不受

拿上红伤的药，往你眼睛里上，受不了，你也得受着。这就是给小鞋穿，捏咕人。自然这只是个比喻。

比喻本身，绝无；要比喻的事，常见。

刀口药再好也不如不拉口

治疗手段再好，不如不得病。事情做坏了，再来补救，补救得再好，也不如开始就把事办好。从根本上预防，省却以后多少痛苦与麻烦。

倒沫儿

当面不说，背后发牢骚说不满意的话。

倒　槽

不行了，落配了，报赖了，告饶了。

倒嘎子

发牢骚，有意见，不服从，七个不服八个不忿，嘴巴唧叽的（说话带骂人）。豪横的掌柜的，查边的，打头的，就会发出警告："在我这儿倒嘎子？错翻眼珠啦！"

倒　粪

过去庄稼用肥，主要靠人畜粪便、炕洞子灰、草木灰、沤绿肥。大户人家养马，马粪就堆在大门外的一侧，来年冰雪渐融，需要缓慢加温。堆中间挖坑点火，热烘烘烟气昼夜不息，叫炡粪，成为熟粪，才好上到地里，不"烧"庄稼。很高的粪堆，要倒两遍才成，这就叫倒粪。

大车拉到地里，一堆堆存好。春天拿木锨（轻巧）撮起，甩个弧线，均匀撒到地里，庄稼便格外壮实。庄稼棵子长起来，那最显眼的黑蓁蓁的地方，就是冬天堆过粪的。

比喻为说车轱辘话，一遍遍重复。"嗨，知道了，知道了，老倒啥粪？"

"听他说话，听一袋烟工夫就行，往后就是倒粪。"

戴笼头了

有了管束、约束。如同草原上散放的马，被套马杆子套住，戴上笼头。

也可灵活使用，如：“给他说个媳妇，戴个笼头，心就收了。”

带带拉拉

带做带不做，做做停停，断断续续，时间不短。

也说“带拉儿的”。

带笑不笑

又笑又不笑。

有一点神秘。

心深，有城府。

带搭不理

不热情，又不像冷淡，搭理是应付，不理是心意。

这类词有一些：不远不近，不咸不淡，不长不团，不好不坏（不好不赖），不尖不傻……

垫 背 的

吃挂落儿，陪绑。抓不住正头香主，就抓他一个兄弟顶差。

垫　补

饿了，没到饭时，先吃一口，垫补一下。

点儿背

时气不好，不走运，不走字儿，倒霉。总之，不顺。

有些迷信成分。

滴里当啷

有不利索的意思，多指悬挂的东西悠荡着。

滴里嘟噜

一串葡萄一样，果实结得多。

孩子太多，孩子妈一走，后边滴里嘟噜跟一帮。

调　茬

庄稼在一块地上，连种第二年是重茬，产量可能减少。要换另一块地，调调茬口。

掉小脸子

说生气就生气，不理人。脸子冷冷落落，单眼皮眼睛抹抹搭搭的。“你看，这小脸子，说掉就掉！”

丢头落尾巴

话学说得不完整，活做得不完整。

丢 蛋 鸡

散养的鸡，有的有了蛋，赶到哪儿就在哪儿下。形容人忘性大，丢三落四。

过去农村养鸡，可不是为了增加自家骨瘦如柴的老人蛋白质的，也不是为了给孩子添置一件夏衣的，是为了有点应急储备金，叫小银行。所以，芦花们被宝似的养着。为了给它们创造一个温馨的神圣的生蛋环境，谷草稻草拧成、编成一个个“鸡轱辘子”，铺上干草。晴可遮阳，阴可避雨，通风干爽。

可是有一种鸡，偏不领情，光寻思恋爱吃虫，忘了主人一片苦心，根本没把下蛋当成一回事。东走西逛，等到蛋憋不住了，邻居家，河边上，草窠子里，就像咕叽拉泡屎，收收屁股，头都不回，又急忙跑去找乐子。

人们善良，以为这样的鸡丢蛋原因是忘性大。就借喻，把随手丢东西的人，戏称为“丢蛋鸡”。

端个四平架儿

故意摆个排场架子，装作四平八稳的样子。

对 嘴 子

敢于当面对质的人，证人。“你说我拿了，你给我找出对嘴子来！”

东一耙子西一扫帚

不系统，很随意。话说离题，不得要领。

堵 搡 人

嫂子问小姑："就这么一会儿，你大哥到哪儿去了？"

小姑子如回答："我没理会啊，我去找找。"没理会，也说没许会儿、没许乎。和颜悦色，是姑嫂关系不错。

如果回答说："我哪知道？正想问你呢！"是不大和睦。眼睛可能"抹抹搭搭"的，手里该干啥还干啥。

回答："我给你看着来的？"手里正搓着的苞米一扔。堵搡人了，弄不好，就免不了一场口角。

"攮搡人"火气比"堵搡人"更大一些。同义语还有"噎人""呛人""怼人"。

堵 窟 窿

把办正事的钱，不得不用于花钱免灾上。比如说家里人做生意，意外赔了，窟窿不堵，就吃不了兜着走。

肚子疼埋怨灶王爷

找不到病根，瞎埋怨。不大讲理。

灶王爷，看似慈祥，面团团，整年端坐于灶墙之上。你全家和美高兴，娶妻生子，添人进口，他恰当微笑，看着。你断炊挨饿，喝西北风，他恰当微笑，看着。遇到天灾人祸，悲痛欲绝，他还是恰当微笑，看着。不作为的、在其位不谋其政的好好先生，本来就是个牌位，你肚子疼，与他何干？埋怨他又有何用？有那工夫，不如去找游方郎中，为吗？大医院去不起。

不过灶王爷也有优点，不要工资，不吃拿卡要，手总是规规矩矩放在固定位置。而态度呢，不忽冷忽热，那是一贯慈祥和善。所以，家里人跟他都挺亲切。

顶门过日子

一家人过日子，得立足于亲友邻居之间，何以立足？不外做得人，做得事。一个儿子分家另过，老人常常语重心长教导嘱咐一番，开场白常常就是这一句。

顶　　对

敢出头，能挺身而出，能说到理上。能坚持，有斗争精神。

顶风臭四十里

人品太差，名声听了让人捂鼻子。常常是奇坏无比，又好勇斗狠，人见人躲，狗见狗溜。

不是不报，时候不到。产生这句话的时候，没遇上清官。

泼皮牛二遇上杨志，他也就臭不起来了。

顶 缸 儿

比喻代人承担责任。

“偷驴的抓不着，拿个拔橛子的顶缸儿，你不怕做损哪？”

顶不住烙铁

天寒地冻路滑，马匹需要挂上铁掌子，冰上雪上不打滑，挽马才能使上力气。铁匠炉门前，有双杠形状四根粗木桩，马牵进去，尥蹶子、咬人，门都没有。通红大烙铁一只只烙马蹄子，滋啦啦冒蓝烟，燎毛子气弥漫。用快刀很快将四蹄多余角质削去，蹄子平整如砥。放上极合适的马蹄铁，钉一圈拉开距离的马掌钉，妥。

马被拉出来，摆头甩尾四蹄撑开抖落毛，有的还不管观众多少，是否有碍观瞻，自自在在放几个响屁。试走几步，仰天长嘶，立刻来了龙马精神。

如果铁匠是个“小生荒子”，烙铁用过了头，马蹄肉受伤，它能顶得住烙铁吗?

比喻人压力过大，经受不住了。

钉帮铁牢

坚固，稳固。“板上钉钉”的事了。

也说“牢帮”。

爹有娘有不如揣自有

劝诫子女自立。

在经济上，自己才靠得住，别人才可以支持你，自己靠不住，爹妈也难支持你。

不是要自私靠自己，而是自立靠自己。

不是算钱账，而是算做人账。

爹娘血汗养咱小，咱养爹娘老。连老鸹都知道反哺，何况两条腿大活人!

拿爹娘钱养爹娘，心里总觉得亏欠。

自己挣钱养爹养娘，养老婆孩儿，才不愧个“人”字。

有的时候，一句好话，理解的人心术不正，也可以找出负面意思来仗胆。皮包着这一百多斤，都让一个“我”字塞满，连卖寡妇的钱、人家卖血的钱，都划拉到自己手里的人，会拿这句话当挡箭牌。

介于中间的解释是：自己有钱，比爹妈有钱强。自己要先富起来再说，不然到“掯劲”（节骨眼）上，谁也指不上。

底　垫

殷实，有不少钱。“老张家？那可有点儿底垫。”也说有家底。

底 儿 掉

彻底。“被查个底儿掉”，底都掉了，啥背人的玩意儿，不抖落出来？

也说“底朝天”。

点 黄 豆

哩哩啦啦地撒了，拉拉了，分散了。“这两个钱得成总正用，你可好，给我点了黄豆。”

种黄豆，过去用点葫芦，梆梆地用小棍敲着，点下去的豆种，稀稀拉拉正合适。

掉 蛋 儿

鸡鸭下软皮蛋，叫掉蛋。蛋未成熟就掉下来。蛋包回不去，叫掉蛋包。

引申为下台，不大受欢迎的大小官员被撤职，人们会怀着庆幸的心情说。

掉人下巴颏底下了

端人碗受人管，人在屋檐下。

调着方儿

换各种办法。“调着方儿糊弄我。”方儿，也说法儿。

得 烟 抽

管事的对他挺好，活干得也“拿得出手”，顺风顺水。

得（děi）着了

费劲巴力可算拿到手了，什么事占了大便宜，得到了狗头金，或得到了特权。关键意思在字面以外：得着了之后，不干白不干，不花白不花，有权不用，过期作废，私欲渐膨渐胀，没够了。

容易走上不归路啊！

得罪山神爷养不住小猪羔儿

人们不敢直呼老虎，称山神爷。得罪老虎，还想养猪？

借喻，有些人，还是别得罪。

嘚　瑟

显摆，逞能，没真本事却图虚名。轻佻。

东一头西一头

没筹划地办事，没头没绪，“东跑一辔头，西跑一辔头，尽走冤枉路”。

冻死迎风站，饿死腆肚胸

困难面前，不能没有骨头。硬汉子，豪气一身。

豆腐干炒韭菜，有盐（言）在先

做豆腐干的时候，必须放盐。盐与言谐音。

丑话说在前头。

话已经说在前头了。

豆芽菜长一房高还不是一刀菜

不要看表面又高又长，得看它是什么，质量咋样。

端下巴颏儿

一句话，说中短处，把对方噎得张口结舌闭口无言。下巴一端，只能闭嘴。

逗 壳 子

撩逗人，开玩笑，给人一点小当上。明明需要个儿高的人，拿高处的物件，他却让一个“小人马”的人去拿。个儿小却机灵：“逗壳子，是不是?”

抖 落 毛

不配发迹的侥幸发迹，一时美得不知道吃几碗干饭了，不知道姓啥了，于是“咳儿咔的”（假咳，使声儿），迈四方步，放四棱子屁。人背后说他抖落毛。也说“抖神儿了”，“瘸子穿大衫——抖起来了”。

等 外 材

这话，东北林区创造出来的。木材按质量分四等。等外材烧火材都派不上大用场。伤号、重病号悲观，说自己是等外材。

兜里揣的

现成的，不用先预备。“我这病啊，像搁兜里揣的，说来就来。”

第 五 章

恶　　苦

味道太苦，苦中之最。

也有说“霸苦霸苦”的。

耳 雷 子

耳光。猛抽一撇子（打嘴巴）。

耳 朦 朦

听到消息，未经核实，准确与否无大把握。所以转述的时候，往往加上这几个字。就像现在有的媒体要加“据称”二字一样。

耳　　性

记性。不完全指记忆力而言。多指不记有益提醒与教导，不能汲取经验教训。“不让你到那南大泡子洗澡，你就是没耳性。那是早年挖黄土的地方，净是锅底坑儿，一脚够不着底，再长耳性？晚了！”

“你看我们家大黄儿（狗），撵小鸡崽子，就打一回，下回见到（鸡崽子），抿着耳朵，溜溜地躲远远的，真有耳性！”

没耳性，用来形容记吃不记打的，再恰当不过了。

二 五 眼

一事物标准的下线。滥竽充数。

二 开 花

指再嫁，稍有贬义。

而且讲者的口吻，也流气。

二 滑 屁

好开玩笑，幽默过度，不大干正经事儿。

也说“屁大溜星”。不实在，拈轻怕重。

干活找俏的，吃饭筷子灵巧，先往肉上叨，拿钱要大头儿的。

沾奸取巧的手儿。

二意思思

拿不定主意，内心处于矛盾状态，或已经做了定夺，办起来还是思前想后，不断权衡利害得失。因此不果决，一遇困难就会撤梯儿。

“该断不断，必受其乱”，“主意不定，输个溜净”。犹豫不决往往害人害己。人生所面临最多的，就是大大小小的选择、抉择。甚至每日每时都要碰上。关键重要处，一愣神，一迟疑，时不我待，擦肩而过。

命运也许因此改变。

“意意思思”，有一点儿意思，何去何从，也是没最后决断。

二 皮 脸

求人办事，觉着还过得着，人家办起来不太费劲，才去试试。求到了，人家不能办，或不给你办，千万不再求了。再求，就叫“二皮脸”，人要脸才有自尊，不顾自尊，去讨二皮脸，人家自然也就不拿你当回子事儿。

咱东北先乡贤们，把不讨二皮脸当作做人守则之一，事关尊严骨气。人这一张脸，表情也是内心的表象，变化无穷。画家和心理学家，研究一生，未必穷尽。但一般来说只是好脸色坏脸色两种。二皮脸，就是变了坏脸色。

“大哥，求你了，再去替我求求情。”

“兄弟，不是我不去，明知不行，还讨那二皮脸干啥!”

二皮脸，是自己讨来的。

二 手 货

旧货。三手也不一定。

借此词贬低改嫁的妇女，有些轻浮。把人看成货，也自受其辱。

二八裉子

学徒，没学到真手艺，却自以为是，觉得是行家里手了。人家当面扭脸偷笑他，过后会说：“一个二八裉子，想充大把儿。”

二 杆 子

尖不尖傻不傻。干什么事，有一股愣劲冲劲，不动脑筋。

与“傻呵呵”“二虎吧唧”“缺心眼儿”不一样。

二八月庄稼人

不是成年到辈子种地，而是忙铲忙割下下地，一有机会就出去做点小买卖，或本来就是个游手好闲的。他称自个儿是庄稼人，正经庄稼人，说他是二八月庄稼人。

第 六 章

发 毛 殃

当面不敢说，又憋得慌，就背后发脾气，数叨。也是诉苦，发泄，寻求同情者。

放个屁都掺假

谎话连篇，一句真的也没有。不用讲说话办事，就连放屁也要掺点假。

放屁得砸个坑出来

说话算话，言出行随。语言有分量，原因是行动。跟“吐口唾沫是个钉”一个意思。

放 挺 儿

像现在的“老赖”，不兑现承诺。欠钱不还，应许不办。要命一条，要钱没有。耍光棍。“酸菜炖粉条子——硬挺。”

放　　荒

清初，关东称“龙兴之地”。封锁保护，修柳条边，不许关内汉人随意出入。辽宁开垦比较早；接着是鸡林，后来改吉林，次之。到清末，朝廷军费捉襟见肘，北大荒也就放荒了。我家乡松花江北，大约是一八六二年前后才卖荒片子，给关内与辽宁一带来的移民。每垧六百六十文。

“放荒”还有一个意思，初春放火烧荒，一时火龙翻滚，浓烟蔽天，以求春秋草长得旺盛。

放赌抽红

农闲猫冬，好要钱的，手就痒。有屋子宽绰一点的，适应需求，就放赌。火炕闷灶子里，煨上黄豆“搁挠”（黄豆荚脱粒后的碎皮），炕经宿热乎。四个人，各据炕八仙桌一边，打纸牌，叫“看马掌”。摸、吃、差、上叫、和，一般输赢不大。每一把放局的，都抽赢者红。越输的越想赌。到了东家西家公鸡报晓，还不愿散去。

有时出错牌之类的，纠缠没完，翻脸动手也是有的。劝不开，放赌的说，都走都走，吹灯拔蜡卷狗皮，不放这个藏藏局！藏藏，狗咬架。

放步绷

大步流星往前走，指步行。

旧时松辽平原，交通就是车马，冬天加上爬犁。这是有钱人家或大种地户，少数人。多数就靠两条腿。可是他们还是把这说得挺有气势，显出不叫苦的坚韧性格。解放后，把步行说成“11号汽车”，同样表现出乐观开朗。

犯药了

吃了慢性毒药，早埋下祸根，一遇时机或到时候，便要发作。

比喻做了坏事，昧了良心，到了天怒人怨的份儿上，便如同吃了慢性毒药一样，迟早，要报应临头。

犯不上

此中，有一个衡量、比较在。近于中庸之道。讲究个分寸。你敬我一尺，我敬你一丈。你尊我让。我敬你两丈，就犯不上了。让对方不好办嘛。听说日本人常送礼物给值得送的人，但对方不过分回礼，至少不多，不让相送滚雪球。

说犯不上，还有原因，那就是知道人情往来中要得体敬人，也得自尊，防止阿谀奉承之嫌。当然耿直孤傲，也不是不起作用。

也说“犯不着”或“不犯”。

浮流浮流的

液体盛在容器中，将满还不留意，接着往里注入。要从边上流出来了，看着像比边沿突出似的。“可别倒了，可别倒了，浮流浮流的了！”

浮灵

表面上看着挺聪明有灵气，到“真章”（确实可行的办法或实际行动）上，拿不出什么好点子来，或没有恰当行动。多半这样说个别年轻人。

肺管子

一门心思的愿望与打算，谁一说出来就生气。“谁又呛你肺管子了，这么‘乌来豪风’（生气发作）的？”

翻小肠

过去对人有某些好处，觉得人家报答不够，心里不平衡，忍不住把自己的好处翻腾一遍。觉得有点委屈，把过去对人的好处或人家对不住他的地方，都一遍遍翻扯出来诉说。

记住人对己的好处，忘记己对人的好处，便不会翻小肠了。

翻捶调打

答应的事情又反悔。今天说这么的，明天说那么的。

做事情，也没长性，说不定啥时就改点子。

性格，时有反复无常举动。而本人却理直气壮，咋说咋有理，咋干咋有理。

反桄子

定好了的事情，突然又反悔。这样的人常常是说了不算，算了不说。不是有意给人当上，就是原来主意没拿定。

“桄子”，缠线的工具。有的也叫“线拐子”。放风筝，收放风筝线的。如果不小心，线拐子没握住，糟了，反了桄子，那桄子就在地上一边辘轳，一边放线，风筝会拖着线拐子往高飞。

翻翻

背地里“倒沫”，说自个儿对他咋好咋好，说他对自个儿咋不好咋不好。

第 七 章

生（gǎ）杂子

“溜叽”，溜啦流气。“生杂子，琉璃屁”“鸡头鱼刺蛤蟆腿”，底层混混。

嘎　　水

鱼鳃。说人没好嘎水，也就是说没好心眼子，坏。“狼心狗肺兔子嘎水。”好心哪儿去了？让狗吃了。

生

钱财物资上小气。自个儿咸菜条子，舍不得吃，人家猪肉炖粉条子，可劲造。吝啬，许进不许出。拔一毛而利天下不为也。

性格上封闭，不常与人交往。

嘎 牙 子

嘎牙子鱼，大的三四寸长，鳍是坚硬的刺，大鱼也不敢吃它。农村混混，常被叫作“嘎牙子”。

“嘎牙子话”，带刺的话，“有正事说正事，没事少说嘎牙子嗑儿”。

也叫“刺儿头”。“惹不得，那是个嘎牙子，刺儿头！”

嘎 嘎 的

形容好，顶好。“尝尝这瓜，嘎嘎的，岗口儿甜。”

近年来音变了，说“杠杠的”。有兴趣到东北大小城市早市晚市逛逛，这个音十有八九能听到。叫卖自己货物的，都说“杠杠的”。

嘎 嘣 脆

称赞脆口甜瓜。

引申为称赞说话办事利落，绝不拖泥带水。当断能断。“老张大侄子，将来那是当村支书的料子，嘎嘣脆!”加上一点强调，就是“嘎巴溜丢脆!”

嘎 叽

吃饭太慢。“嘎叽嘎叽的，怕咬舌头？快点，能噎着你?”

嘎 油

走得太慢。“老牛破车疙瘩套，慢慢嘎油吧。”

嘎 巴

锅巴。

“嘎巴扯曳”。衣服脏了，淋上油渍，变硬了。

疮后结痂。

衣物污垢结成一层硬壳。

盖盖儿摇

不透明，故意回避，不明说。就如同骰子装在盒子里摇晃，不亮出来，你就不知输赢。

干点啥都得要个工钱

毛手毛脚，干活常出小事故。刷碗打碟子，切菜割手指，铲园田，碰伤黄瓜秧根，结了黄瓜霸苦的。

“孩子，你‘心不在肝上’啊？咋干啥都要点工钱呢？”

“心不在肝上”，无心搭场，心不知跑到哪儿去了，也即溜号走神、心不在焉。

谁心长到肝上？那就糟了。大约第一个说这话的先民想，人们一说心就连到肝上，比如心肝宝贝、没好心肝等，那么两样器官不是长在一起，就是挨着。就如古人认为心有窍，就说心眼儿、开窍一般。

干巴劲儿

个头不高，身材不胖，胳膊腿不粗壮，不像个有力气的架势。一干起活来，却力气大得让人吃惊。特别是一出一猛（开始、偶尔的爆发力），更是一般人比不了。“哎呀，你‘干巴拉瞎’的，还看不出啊，还真有点干巴劲儿。”

干 巴 强

硬逞能耐。“抬不动就说呀，别硬逞干巴强啊。”

干 瞪 眼

做什么事，准备不充分，自觉得有了十七般武艺，到时候人家拿出十八般武艺来，干瞪眼，输给人家了。

高粱粕子

旧时糠菜半年粮，高粱舍不得伐（碾）米，压碎了，连糠一起，熬粥，是糠当粮食吃。

赶 扯 人

缠着不放。“这孩子粘毛粘似的，太赶扯人。”

搁 二 上

没经事主知晓，其他人直接把事情就办了。搁，当从、在解释。有埋怨的意思。“我买的那口壳郎（架子猪），定钱都交了，他呢，搁二上赶他家去了。你说这叫啥事！还要不要脸了？”

搁 挠

打场被压碎的秸秆碎末。可烧闷灶子取暖。其中，豆搁挠火最硬。

农村取暖，要靠一铺热炕。一天三顿饭烧火，烟从炕洞子里蛇形弯过，到烟囱排出，袅袅然飘散。热力传导到炕面子，经宿不凉。

庄稼不负汗水，浑身是宝。

隔　　路

跟一般人不同，个性很强。也作格路、各路。

硌硌楞楞

有包，一块块的，包包楞楞；特别。

不合炉，心中有芥蒂，总觉得不舒服，心里都硌楞。

硌　　硬

讨厌，烦；担心。怕一件小事，成为不祥兆头。“年五更打个碗，总觉得犯硌硬。”有迷信色彩。

故　　动

坏，心眼钩钩，给别人当上。“可别搭个他，那小子才故动呢。连他亲爹他都坑。跟他沾边，等着上当吧，死了连裤子都穿不上。”

有个屯子，有人故动得出了名，一条鱼腥了一锅汤，“故动”二字当屯名了。在乡绅地主看来，这个屯子坏人多，所以就这么叫，叫来叫去的，帽子不好摘了。可惜连累了那些善良的和下几代。

鼓　　捣

背着人摆弄什么。

背后捣鬼。

想要创造点什么物件，怕不成功被人耻笑，所以背地里进行。

有时也说“捅咕”。但说“这事就是他捅咕的”，是指背后他吹风点火，不是主角。而说“鼓捣”，就变成他是主导了。所以稍有差别。

给你个炕头儿，你又想老婆

不知足。刚得到一，马上想得到二。

说有人在门前避雨，抱膀缩脖念叨：这要是在家嘛。住家的女主人发善心，说到屋来避避吧。进了屋，伸脖放手，又说，这要是在家嘛。女人给他端饭端菜，他坐在桌前搓搓手，又说那一句。女人寻思，好人做到底，热酒拿上来。他酒足饭饱心跳脸热，色眯眯看着女人，再说那一句。女人把桌子一掀：滚，滚回你家去！

姑娘怕误女婿，庄稼怕误节气

时间性很强，过了这一段黄金时期，说啥也不好听了。东北农家困苦居多，男孩子上几天冬学，会记个账就行，会念《庄农杂字》就求之不得。早婚太多。如不，怎么会有“女大三抱金砖”的说法？找大媳妇，是找劳动力。女孩儿一般十七八岁就叫大姑娘，生活圈子又极窄，过了这个村，难有这个店了。

庄稼呢，气候不等人，春种夏锄，秋收冬藏，晚一步，步步赶不上，粮食上不来，输在起跑线上了。

柜　　上

买卖作坊算账、办事的地方。也代指掌柜的、东家。

拐　　带

城门失火，殃及池鱼。后来也叫“吃挂落儿”。一般指负面的事情，一家出了事，往往亲朋邻里都跟着受连累。封建社会，被祸灭九族的，株连九族的，数不过来。流毒深广。

拔出萝卜带出泥。那泥，就是受拐带的。

跟啥人学啥人，跟着萨满跳假神

近朱者赤，近墨者黑。劝人择友慎重。走正道，交好人；交好人，有助走正道。萨满，多叫大神。萨满教是从前满族、鄂伦春族等族的宗教。东北农村很流行。

挂　　拉

不在台风眼风口上，边边拉拉的，受了一点小影响。出了一点什么事，稍稍受一点小牵连，不伤筋不动骨的。没有“受拐带”那么厉害。

狗头臊脑

不端方，不正派，不干正经事，不受待见。善钻营，流气，伶俐没用在正地方。

狗逮黄瓜差屎了

农村的狗捡人的粪便吃。看错了，吃了黄瓜。重点说的是一个“错”字。

狗 蹦 子

蹦蹦跶跶，装蒜唬人，跳上跳下，轻佻。屯子里，落了这么个封号，连媳妇也没人给了。

狗 屁 呲

挨了数叨，不服气，反唇相骂的话。

狗 放 屁

无足轻重。“我说话不当狗放屁！”

但“放狗屁”可是另一个意思：直接骂对方。

狗舔似的

一扫光了，饭盆里一粒饭不剩，干净。

狗皮袜子——没反正

毛朝里毛朝外一样，都可以保暖。

借喻两个人闹些小意见，都有些理，也都有些不是。“还评啥理，他们两个狗皮袜子——没反正。”

狗啃的似的

边沿不齐，痕迹不齐，如同狗咬去一块。

狗肉上不了桌

旧时认为狗肉不够讲究，不能用以待客。现在狗肉是香饽饽。

古代有时候吃狗肉，还有专业狗屠。至清，因传说狗曾舍命救主，故亲狗重狗。

狗扯羊皮

几条狗，撕扯一块破羊皮，谁能说清哪条口子是哪条狗扯的吗？它们什么时候能把这块羊皮扯完？

几个不大正经的人，争争讲讲，办一件不大正经的事。

“狗扯羊皮，你就当没看着！”

狗皮倒灶

办的事拿不到桌面上来，见不得阳光，见不得人。这样就决定了他要鬼鬼祟祟，苟苟且且，反复无常。

“正经事能找他办？整些狗皮倒灶的事，这事，他办不了！”

勾嘎不舍

会算计，节俭得近于吝啬，铁公鸡，一毛不拔。

把家虎儿，什么东西都舍不得。口挪肚攒。就是小日子过得去的，农家小家小业，常常是这样勤俭人胼手胝足创建起来的。

够 够 的

不能再忍受，受够了。

妇女们好说这句话。诉诉苦，不然，心里塞把草似的。说归说，说完，该咋受还咋受。

钩钩心眼

心带钩，以自己利益为轴心，不占着便宜就觉得吃亏，算计他人，使个小坏是常事。所以，与此类人打交道要留个心眼儿才行。

勾搭连环

与不咋的的人来往，物以类聚，人以群分，结成利益共同体。

挂 下 巴

吃不上饭，下巴闲了。既闲，就得挂起来。引申为没饭吃。

“小苗都跟黄香香似的了，再不下一场透雨，过年赌等着挂下巴吧。”

“跳井不挂下巴”，是无牵无挂的意思。

挂 油 瓶

孩子随娘改嫁的蔑称。也叫带葫芦子，葫芦改嫁，子也就带来。现在这种歧视有所改变。

管丈母娘叫大嫂——没话逗话

本来没什么话说，却硬要说几句。

逗话，没话找话，引逗对方说话。

过年饽饽大伙做（zòu）的

饽饽，馒头之类的干粮，满族人称饽饽。过年一般人家都要先做一些帮年饭，冻起来，正月里妇女不用现做饭，可以休闲一些。其中穷人家，做些高粱米饭，日子好过些的，则蒸黏豆包、馒头。人口多稍宽裕些的，包冻饺子为主。都请一些邻居来一起动手，也热闹热闹。帮年饽饽，都是大伙伸手做的。

另义，俗语男人生孩子。

所以这话是，骂某人是大伙的儿子。

过刀不算跑卵

割一刀，骟公猪。骟，也称劁，文雅点说，去势。跑卵，公猪。

形容干活儿不顾质量。皮上划拉一刀，不管里头那玩意儿拿出去没有，应付到了，就算干完了。

棺材瓤子

人太老了，身体又不好，自己开玩笑说是棺材瓤子。不定啥时候，装进棺材里去，不就是棺材瓤子吗？

灌　　包

一定容器中，不留心灌满了水。夸张词。“秋傻子雨（秋天连雨）不停，我那破草房，全灌包了。”

跟头把式

很费力气，极尽努力。“你是打头的，割地手把好，我是跟头把式才跟上。”

供一饥不能供百饱

救济一时一饭可以，救济几年供几年饭，就困难了。救济者也许有了困难，也许力量不足。

光知道踩蛋不知道抱窝

公鸡踩到雌鸡身上交配，叫踩蛋。抱窝，母鸡孵卵。

在传宗接代上，公鸡就管踩蛋，然后亮亮膀（翅）子，悠闲地走了。

母鸡中，选一个“着调”（听人呼唤，早出晚归，恋家恋窝）、平和、健壮的母鸡，头一年抱窝成功，第二年就还选它，叫老抱子。家里疼爱有加。邻居也知其名。走在外面，就有别人家主妇指点：“你看，那个大芦花老抱子，可填乎人了！”

抱窝之前，主妇或老奶奶，留心老抱子是不是打“抱窝声儿”(唤雏的咕咕咕声)。认准了，赶快选好鸡蛋，自家不行，就找养好公鸡的人家，去“讨换”。早有备好的泥盆，将铡好喂马的半寸左右长的谷草铺到泥盆里，装（读去声）窝。放在炕梢墙角。

抱窝二十一天，日夜伸翅蹲伏，嘴除了翻动蛋，就是张着呼哧呼哧大喘气，太热。喂食喂水都不理会。一直坚持五七天，突然跳出窝，三步两步，跑到当院子，扑哧便一大摊。喘一口长气，急着回窝。老奶奶急急忙忙喂水喂米。老抱子大口抻脖瞪眼往下噎，一边还往窝里跑。

它听到小崽叨壳声，格外警觉兴奋。出壳后，小崽爬到它下巴颏下，它就温柔咕咕叫，以喙抚摸。

出窝后，找个树下花前阴凉处，刨坑儿，卧下，为鸡雏儿解暑。遇到碎糠米粒，或是一条小虫，在嘴里又吐出，柔声咕咕叫，让小崽学会抢食。天上掠过一道影，以为是鹰，浑身羽毛立即挓挲起来，武士般准备迎敌。这防御，曾吓退院子里狗猫，乃至猪羊。

真佩服它的一双翅膀，热来雨来当伞，冷来闲来当窝。

四散找食，它是哨兵；休闲下来，它又是家。

卵翼之下，不大好听，细想想，叫人泪下。

这词的意思，是指责公鸡没有承担起责任，言外之意，却是感激老抱子的母性、母爱。

光听辘轳把响，不知井在哪儿

过去井上架着辘轳，用井绳拴个柳罐斗子，放进井水里。打水上来要摇辘轳把，水重，一摇吱吱咯咯响，很远就能听到。

借喻光听到荒信儿，不知道事情真相与原因。

光 趟 话

话说起来好听，活做起来难看。

光腚撵狼，胆大不怕砢碜

去追赶狼，胆大。“光不出溜”，被人笑话（砢碜）。

追利求物，不顾手段，见不得人。

光腚，也说“光溜溜的”。

鬼魔撒眼儿

心眼多，表面上都看出动心眼儿，眼珠子滴溜溜转，见风使舵。也说鬼头鬼脑、贼头贼脑。

鬼　道

狡黠，坏道眼多，阴暗处他倍觉舒服。

滚热滚热的

形容很热。

“这绿豆汤，滚热，爹，趁热快喝，赶赶寒气。”女儿心疼爹顶风冒雪来看她。

“这孩子，是得这一发子了吧？脑袋咋滚热滚热的，都烫手！”

第八章

哈　人

要挟，讹诈，压制，欺负。“哈人啊？妄想！”

“起哈子”，闹事，“鼓包”。“搁我这个大院里干，别想起哈子。”

哈　悠

摇动，摇晃。走得慢，慢慢走。“你快点走不行吗？这么哈悠，点灯时候也到不了。”

揩（hāi）

打。“给我狠揩。”“敢跟我嘴巴唧叽的，我不揩你，有人揩你。”

“嘴巴唧叽”，说话不干净，带脏字。

狠要价。强卖。恃强凌弱。大量地花费。

号唠儿

平时少言寡语，突然不是好声地吼一嗓子，制止别人行动言语。内心里不满，憋着火，一遇时机，咣，炮仗爆炸。对方不服：“你号唠我干啥？媳妇面前咋像避猫鼠？”

“避猫鼠”，躲避猫的耗子，龟缩，浑身颤抖，大气不敢出。

汉子好嫁，鞋底难纳

嫁汉子，结婚。

农村自给自足，极少有买鞋的。全靠屋里人做。

壮汉风里雨里，上山下地，鞋脚需格外结实利落。

鞋底子关键，格外要力气功夫，堪称一个“难”字。

有一种叫线麻的作物。与老祖宗穿戴的那种麻，和“把酒话桑麻”那种麻，不知是不是一个谱系。搓成绳子很结实。农家离不开，从牛马套、井绳，到较细的纳底绳，都靠它。

纳底绳靠女人自己打。牛马腿骨中部穿一孔，实以铁钩或木钩，就成了纺织工具，叫拨拉棰子。系上细细的麻批子，缠到棰子上，左手拎着麻批子，右手扒拉一下，骨棒就转起来，麻一会儿就变成经。经的劲儿过紧过松都不好。合适了，就便缠到骨棒上。油灯下，月光中，经合二而一成绳。

破布破衣服，撕成大大小小方块，叫“铺衬”。糨糊抹匀，糊在一块大方板子上。一层层接着糊。五六层的样子，拿到阳光充足的院子里晒，就成了“袼褙”。有早就剪好的鞋样子，绷在袼褙上，一层层剪下，贴好底子面和贴脚的那层好布，叫“棠棣素”。街里人讲究些，各层袼褙边缘都精心糊上白布条，成了“千层底”，要功夫也见功夫。男人走在街上，鞋脚上人家多看几眼。做好了，会在邻居与要好姐妹中传看。这只是备料准备阶段。

千针万线中，要拉得紧，针脚匀称。还有做鞋帮、绱鞋、上楦子……一个人，顶一个作坊。要是给孩子做，样子还得讲究，防备着同学耻笑。

我小时格外淘。拿妈的大号针在油灯上烧红，做成弯，就是钓鱼钩，妈的纳底绳做鱼线，柳条找长的割下就是鱼竿。一个毛毛雨天，到大泡子实验，竟然钓上来两寸多长的小胖头鱼。春天，糊一个八卦风筝，央求妈拿出纳底绳，妈不心疼，脸上还带着笑容。

后来一想起，就禁不住悔过，就那么不懂事，咋不知道疼我的寡妇妈呢！

好几辈儿

大小不齐。

“这黄瓜爷爷孙子好几辈儿。”

好像谁都该他的

该，就是欠，欠情欠钱的欠。“一天嘟噜（啷当、拉拉）个脸子，好像人家都该钱不还似的。”

好狗揽不了八泡屎

屯子困难，狗除了跟猪抢口食，就是找屎吃。厉害的狗抢得多，它不能一口都吃下去，就揽着把着。尽管如此，它也揽不过来八泡。

指应量力而行，不能贪多。

“贪多嚼不烂。”

好狗护三邻，好人护三屯

农耕社会好人、好狗的一个标准。好人、好狗都要格外多做好事。

狗好不好，不看它长相，要看它看不看家。护自家，好狗；左右邻居家也都保护了，那这狗就被看成义犬，人们内心感动，这狗死了得好好埋上它。

好人呢，不看他是不是能说会道，要看多为自己办事还是多为他人做好事。能爱护三个屯子的乡亲，就是义士，就是好人。

好名传送四方，家里人两三辈子都跟着沾光。后辈一走过，知道情况的爷们闲谈，就说，那是谁谁的孙子，也像他爷爷，好人。

好狗不挡道

好狗还有一条标准：懂人情，知避让。

好虎架不住一群狼

光一个能人上阵，还不把握。对方的人再不行，可是多呀，也怕斗不过。一头狮子，有时被一群鬣狗赶走。

好戏怕三台，好女怕三怀

大戏连唱三台，再好的演员也难顶下来。

身体再健康性格再要强的女人，连生三个孩子，也会觉得力不从心。

好汉不挣有数的钱

什么是有数的钱？扛长活的，卖短工的，买卖家的伙计，衙门里的杂役，教学的先生，等等，总之是吃劳金的，挣工资的。

没数的钱呢，开买卖的，当地主的，闯绿林江湖的，贪官墨吏，等等，他们说不定今天日进斗金，明日家破人亡，或赔个底朝上，甚至是昨日座上客，明日阶下囚。

看来，好汉也有好汉的难处。

好搭好散

多指男女的搭与散。搭是合，散是分。合也难，分也难，但各有不同。合时欢天喜地，分时叫苦连天。合，要举全身全家力，难中有期盼，盼夫妻和美，早生贵子，阖家日子火红；分，两颗心渐离渐远，新房变愁房，家里鸡飞狗跳，老少不宁，忧心忡忡，命运难测，迷茫失望。一合一散，冰火两重天。

都说家是讲感情的地方，却也离不开实际。

到要分时，亲家变陌生，实际占上风。

合时热情弥漫，分时理性冷静。不是一家人，不进一家门。已经磨合，亦可判定，判定也就是决定。

这一句，多少年多少人的苦辣酸甜经验谈。

关键，就在两个“好”字上。

虽说的家庭，也适合交友，还有经营上的合伙人……

好得多个脑袋

二人一心。就如一个脑袋一样，思维思想三观行为，像一个模子刻的。

还有一句：“恨不得穿一条裤子。”

这句话常听，却没琢磨透。穿一条裤子就是最好吗？那几乎不可以想象，连体婴儿除外，世界上不能有。

是个形容而已。

形容往往浪漫。白发三千丈，如是，伟岸身躯，就得高如喜马拉雅。

耗　　耗

干等着，不知到啥时是个头儿。

“搁这耗耗个啥？走！”

行（háng）得呼哧

含含混混，不大在意，心不在焉。推脱，模棱两可，不肯定。“这事你可别行得呼哧的。”

河里无鱼市上取

就是河里没有鱼，市场上也会有。看起来东北乡亲挺早就知道，市场这只无形的手很能耐，钱是好东西。

合船漏合马瘦

看来我老乡早就知道“一包就灵”的道理。他们也知道“三人一条心，黄土变成金”的古训。但做起来常常三个和尚没水吃，“姐俩出门子各顾各”。所以一盘散沙。这个三二一，软肋呀。

喝喝咧咧

顺口随意唱来。不顾腔不顾调，甚至不顾词儿。走在毛毛道（庄稼地横垄踩出的小道）上，心里高兴，就喝咧。

横垄地拉磙子一步一个坎

打场脱粒的碌碡，如果横着垄拉，就步步落到垄沟里。

指事情进展不顺利，步步遇到困难。也有说一步一棒子的。

横踢乱咬

会踢的，除了人，就是马驴骡。

马驴骡养在圈里，拴在槽头上边横杆上。有个三四五头的，一个槽里抢食，挤着点，吃草时争料（拌在湿草里的高粱或豆粕子），有天性豪横的，抿起耳朵左右乱咬，得便了还要踢。

用骡马这类动作，形容有类似这类动作的人。

横着膀子晃

有点依仗，或装着有依仗，豪横得像伪满日本宪兵或地痞流氓，觉得自个儿人五人六。小地方，东头一跺脚西头乱颤，那做派就是如此。

恒　　是

推断猜测。八成、大半、可能、或许，若不然就是如何如何。

“恒是你礼数不到，若不张二爷怎么眼皮不撩，带搭不理?”

“老云接驾了，恒是明儿个要下雨。”“老云接驾”，就是太阳落入地平线上的乌云里，时而有晚霞的条条偏偏辐射出来。

有“老云接驾，不刮就下”的农谚。

换不来一边大

交往，一般来说是你敬我一尺，我敬你一丈。付出一尺，回来一寸，常了，就叫换不出一边大。一方有此感觉，这交往，会慢慢淡下去。

花花肠子

坏心眼多，“故动”点子多，坏水儿多。

“我哪有你那么些花花肠子？”

花搭面

活干得不完美，说得下去。

面子不全给，也不能把事做绝，说得过去。

花搭眼

看得眼花，反而走眼，看错。

“看你挺像个人样，我瞎啦！”

依我看，不能全怪眼睛。

花插着

间隔起来，不是天天吃好的，隔三岔五花插改善。

花说柳说

花言巧语。花美丽，柳柔媚，渲染夸张说好不说坏，死人能说活了。历来奸猾商家推销、广告，都是用这种甜言蜜语。就拿卖大力丸的来说，听着就像它可以改变生物规律，有了这药，生老病死得去掉最后一个字了。干吗？掏你的血汗钱。这样的话，听着舒服，信了呢，后悔就在不远处等着你。

话是酒赶的，兔子是狗撵的

话说起来没完没了，喝酒喝的。兔子拼命跑，因为狗追的。说酒就像狗，酒话想不说都不行。那酒后话可信度得大大打折扣。还很可能满嘴跑火车，酒话也像醉了一样，离拉歪斜出口，说什么，自个儿往往都不知道。有句话叫酒后无德，还有一句说，酒后吐真言。两种情况，都有一些。

话 赶 话

两人话不投机，来言对去语，横鼻子对竖眼睛。彼一句此一句，一句更比一句硬。到赶无可赶，两人也就闹僵了。

不独酒能赶，话比酒更能赶话。

话 痨

除了吃饭睡觉，嘴不闲着，闲着憋得慌，就如同只吸不呼一般。

“话匣子”，不打开，就不说。

这两词呀，有原则区别。

话 把 儿

话，很少有不带把儿的，不论好话坏话。

比如说，有人夸那小伙子，肯干，厚道，好。过一段时间，竟然打爹骂娘。有人就会说，肯干、厚道的人也打爹骂娘啊。看，留下话把儿了吧？

忽拉巴地

忽然，不知所以。“不知咋回事，忽拉巴地看我眼眶子发青，跟我吵上了。这不是哪庙都有屈死鬼吗?”

糊涂庙糊涂神

衙门糊涂，混官饭吃的不糊涂也难。

不彻底较真。“拉倒吧，反正糊涂庙糊涂神吧。”

煳拉巴黢

黑黢黢，煳巴，火烧过，还没烧透的样子。

呼呼嗒嗒

呼嗒，拿毛巾等物扇动。叠用，是动作大而反复，比如穿件过长过肥的长衫，来回走动，带起不少风。

“呼嗒呼嗒的”，是喘气微弱、快要断气的样子。

乎

从古至今好像这就是一个语助词，之乎者也，它是一员大将。

东北嗑儿里，靠它助语的，也有一些：

“贴乎”，意为接近，符合，差不多；

“近乎”，关系走得密切，很近；

“凑乎”，将就，勉强可以；

“拉乎”，健忘，丢三落四；

“就乎”，一对男女，条件都不大好，“弯刀对着瓢切菜”，谁也不挑谁，生活在一起。也较像“搭”伙。可是别人还认为这是“就乎”。还有哥哥不在了，嫂子不愿改嫁他人，与小叔成亲，也叫“就乎”。

词义全在前边的实词上。

火刺燎的

皮肤、内脏的一种灼热感。

常用于脸上羞臊感觉。“跟你大爷说话呢，怎么没大没小？你洋洋不睬的，还觉得不咋的，我这脸都火刺燎的。”

同类词还有“脸上挂不住”“脸没处搁”“有个地缝也钻进去”。

火燎腚似的

急。急到何种地步？火烧尊臀，能不立刻跳起来的，有几个？

火大无湿柴

青蒿秆子没晾干，不起火还冒烟。在野外，火一烧大，连青枝绿叶的大树，也烧得嘎嘎响，火星子直爆。

事物总是辩证的，有条件的。在此种条件下不行，在另一种条件下很行。

有“势不可当”一句话，还有“审时度势”一句话。都强调了一个“势”字。判断形势，是一种大本事，造成形势是一种更大本事，顺势而为比逆势而上更需要胆识。

猴七儿似的

孩子淘气，没老实时候。耍猴儿的有的管猴子就叫猴七儿。

猴 猴 着

等着，候着，干等着，没有别的行动。

“别干猴猴着呀，你倒是出去看看，人家兴许都来到屯子头了。”小孩子一天总围着妈转，妈说：“别总猴猴着我，出去玩玩多好。”

灰 突 撸

有失颜面，灰头土脸，抬不起头。

回　楦

比如做鞋，要打楦子。楦子打得不好，不到时间，上脚没几天，变得跟没打楦子一个样了，便叫“回楦”。

多说人一天天退步，还不如从前。“你可罢了我了，咋越长越回楦呢?”

回不过弯来

腿或胳膊，强直，回不过弯。

做人办事，错了，理应改弦更张。可是，想不开呀。朋友劝他：“你咋一根筋，回不过弯来?”也说“拐不过弯来”。

回　炉

铁活儿，没做好，师傅一锤子打“瘪肚”（瘪了扁了），说：“回炉!”重新炼，重新锻，重新淬火。

这样说人，等于说他不是他爹的儿子。辱骂甚重。

还愿的货

愿，期盼。还愿，须讲信用。

日也想，夜更盼。想父母康健，盼身得良缘，清夜摆香案。馨香袅袅过云鬓，飘飘下拜，叩上苍，明心愿。待到来年，来年月最圆，奉檀香一斗，清供八端，多谢上天啊，上天怜奴，得偿夙愿。

这也许是戏曲中情景。许愿由心，还时自愿。是士大夫阶层女儿吧。

现今过生日，也默默许愿，但还愿就免了。

过去乡村，许愿还愿多为被迫，原因亲人病重。请来大神（萨满），跳一堂子神。大神端庄入座，二神敲单面鼓请神，越是法术大的胡黄二仙、女鬼妍魂越难请。大神多为女人，披头散发，闭眼咬牙晃脑。突然神起来，蹦跳扭动颤抖。先问哪路神仙，仙山何方。以“哈拉奇”（高粱烧）敬重之。大神咚咚喝几口，含在嘴里，喷香案喷天喷地，老仙晕晕乎乎，观众、家属也不由晕晕乎乎，大神问病情，然后掐指算明。不是冲撞那位，就是“妍魂”生前受到这家病人不公待遇。

作祟者听劝，就许愿还愿。不听劝，就得请来。咋请？扳杆子。病人蒙头盘坐，两手握杆子低端。上端燃三炷香。大神二神请作祟者附体病者。反复论战说服，达成协议，许愿还愿。

谈崩了，大神施展法术。吃红枣（烧红的东西吞下去），履红涛（火上光脚走过）。还有就是赤臂上阵，打铡刀。一口刃立左臂，一口右手握其柄，以其背，磕打左臂上刀背。作祟者能不害怕，赶紧落荒而逃。

病算去根了。愿不用许，可是大神报酬不会少。

一夜，鼓声、唱声、打刀声不断。这一夜闹腾，小屯里鸡犬不宁，人无清梦。

还愿，多为杀猪上供，再跳一回神。

还愿的货，就指的是被杀的那口猪。

豁牙子啃西瓜——道道多

点子多，头脑灵活。借西瓜上留的道道多，利用同音，形容人道道多。

与“道眼”同义。

黑眼蜂似的

意见太大，仇人见面似的。“狼崽子，我咋养大的你呀，还整天跟我黑眼蜂似的！”

看人瞪大眼睛，怒气充溢。人家会问：“你怎么看我像黑眼蜂似的？”

黑瞎子打立正，一手遮天

打立正，手至帽檐敬礼。熊掌太大，眼睛遮住了，哪里还看得见天？

黑瞎子掉井，哪都避风

黑瞎子到冬天要冬眠，老百姓叫避素，躲在山洞、树洞里避风雪严寒。掉井里也可以呀。其实是牢骚话，比如对调动一下工种，不满意，又不能不去，就会这样说这一句。

用黑瞎子编的俏皮话不少。

黑　　上

盯上了，欺负上了，拣软柿子一个劲儿捏了。

“这么些人呢，挑粪这个活儿，轮轮班不行吗？怎么就黑上我了？”

嘿儿呼的

吆喝人，拿人当牲口。掌柜的啦，查边的啦，常常这样对待吃劳金的。城里工头，伪满军警宪特唬洋情形的，对老百姓更是如此，见到日本人立刻一变就摇尾巴。

恨活儿

多半是性格急、体力好、务正的人。活拣重的，一干上，恨不得一气干完。

恨　人

做事说话让人气恼，正经事找不着他，坏事少不了他。他妈就说：“真恨人，一天把我恨得牙根直。你说，啊，我跟他爹都老实巴交的，怎么养活这么个祖宗啊。”

浑　和

一团和气，矛盾总算调和一下。

缓　醒

背过气去，抢救，心肺复苏。叫“缓醒过来”。

菜苗在上后，根须没扎好，叶子蔫头奋脑。过几天渐渐支棱起来，叫“缓苗”。

“缓过口气来。”欠人家钱太多，见到人家不好意思：“等转过年，我缓过口气来，就先还你！”

第九章

哜　哜

拌嘴。有人说："小两口才刚还有说有笑，一转身，哜哜上了。"那边多话的说："怕啥的？一转身儿，甜哥哥蜜姐姐。你这才是呢，心坎子挂笊篱，多劳（捞）!"

畸　扭

正方一个框架，外力使它向菱形变化。类似这种情况，叫畸扭。

挤咕眼

使眼色，挤眼睛。想事眼睛眨动很快。这样的动作，多出现在聪明但好搞小动作的人身上。有顺口溜说："瘸拐李，把眼挤，你糊弄我我糊弄你。"

现在知道，有多动症的人，往往也有这种动作，自己反觉不出来。

家有万贯，喘气的不算

家畜家禽，易得瘟病，那时没有防疫办法，说死就是一片。要看有没有血财儿。碰大运，时（运）气好，发一笔，否则只能是喘气的不算了。

也说"带毛的不算"。

家有贤妻男人不做横事

女人不贪婪，有礼数，克己待人，从不给男人加钢撮火。不眼气别人，不攀比。而且男人生气，有办法劝说软化。所以那些横事（杀人放火强抢等）自会远离。家里就平安祥和。

家里外头

全都算上，满打满算。“家里外头才四年文化。”

家里有银子，外边有戥子

家里大门一关，外边对门里日子过得咋样，不会一无所知。墙里有多少银子，外边的戥子早给你量好了。

家里有钱，掌柜的就格外警惕，打个盹儿，都得睁一只眼，钱财一般都藏个溜严，很怕别人知道。知道了，不得了，说不上多少双眼睛盯着你，说不上哪路神仙惦着你。坑蒙拐骗抢，求借无赖偷，这还是外边的。家里的也得防，俗话说家贼难防。兄弟分心眼，子弟不学好，成纨绔子弟，变得吃喝嫖赌抽样样行，钱串子给你倒提拎起来。眼看着的，家败也就是一眨眼工夫。

但鸟过还有个影儿，一阵风还刮来一阵香呢。群众的眼睛是雪亮的，你一发了财，人家都知道个八九不离十。这就叫“家里有银子，外边有戥子”。

家雀骨头

飞禽骨头轻而硬。

家雀小，骨头更轻。

人的骨头轻不得。即便不能人人锻就铮铮铁骨，至少应该挺得直脊梁，扬得起头。

一旦轻了，身败名裂。

用骨头轻，形容轻佻、自轻自贱、奴才相。

嘎嘎（读 jia）

抢着说话，在争论场合帮人说话。特别是女人如此，对方就可能斥责：“没你缸没你碴，你跟着瞎嘎嘎啥？”

假假咕咕

故作客气，显得很假。一般这样人，都被看成不那么真诚，没见过大世面。

夹板子气

挽马前腿上端，脖子根处，俗称“前夹襻子”。夹上以皮绳相连的两段木棍，棍与绳套相接。这样拉起套来，马才能使上力气。这马具就叫夹板子。

马，夹也就夹了，它又不会叫苦。顶多肉与木之间，给他套一个“O”形软“套包子”，保护脖子。

“夹”现象，就用到人的关系上了。两个硬气的，闹矛盾。他夹在中间，往往要受夹板子气。左不是右也不是。

那么，上压下挤的气，就可以叫豆饼气了。

加 钢 儿

撮火，加油，鼓吹，献策。以求把小事化大，自己可以借此泄私愤，或者火中取栗。

架鞭子赶

太多。如群羊、群猪，非用鞭子不听号令；一只两只，哪里用得着鞭子。

意思是多，不稀奇。

尖手风流齐手巧，棒槌手拙到老

相人特别是相女子，有一项必不可少，就是看手。

十指尖尖，有才华，聪慧。手指比较齐的，会成为女红高手，什么针线活儿，一看便会。

棒槌，东北农村妇女浆洗衣服被褥用的一对木棒，两头尖中间粗，一端有手握柄。洗过浆过的衣物，放在枣木或色木板上，用棒槌捶过，板正干净抗埋汰。夏天，没有家家捣衣声，却有家家捶衣声。

此物枣核形，不好看。以此形容手指，说有棒槌手指的女人，比较拙。一说就是了，未必尽然。

尖　　拉

猪不上食，关心的人就担心了："有毛病了？这一阵子总是尖拉尖拉的。"有时也用在人身上。胃口小，或食欲不振，吃得太少。他妈可着急啦："筷头子大点不行？就那么尖拉尖拉的，豆芽儿还一根一根地夹，猫食儿呀（吃得少叫猫食儿）？这么个吃法，不瘦往哪儿跑？"

见亮了

活快干完了，一件事办得差不多了。

“透亮了”，也一个意思。

嚼舌根子

背地里歪曲事实，造谣，编瞎话，暗箭伤人。人们对此挺厌恶，说这是“嚼舌头”，觉得还不够劲儿，便说嚼舌头根子。其实，这个部位，牙齿碰不到，想嚼也难。

嚼谷

吃食。不止五谷杂粮，也指比一般伙食好的吃食，包括鸡鱼肉蛋。

“嗬，香滋辣味呀，啥好嚼谷？”

骄毛

常人罕见的特脾气。多为适应骄毛的环境所养成。

娇气，娇性。多为适应娇气的环境所养成。

骄娇二气，屡遭批评。

脚上泡自己走的

做了坏事，受到惩处。别人会说：“脚上泡自己走的。”自作自受。日积月累，不大办好事，百般碰壁，有一天祸事临头。人们评价，就是这一句。

脚　　野

在家待不住，总往外头跑。“尖尖腚儿，一时半会儿也坐不住，脚野的，没边了，你说可咋整。”脚野者，心野也。也许性情多动，是一种毛病，现在就叫多动症。要趁早治一治。这样的孩子，一般都聪明机灵。

脚 底 光

屁股尖，坐不稳，到处转悠，特别好串门，走东家串西家。

觉（jiǎo）景儿

有一丝察觉。进一步探究，明白人家给当上，给窟窿桥走。既明白，当就避免，窟窿就可绕过。

能“觉景儿”的人，往往天资聪颖，感觉敏锐，能见微知著，但，好多心。

“景儿”，就是蛛丝马迹，就是鸟飞过的那个影儿，墙透过来的那一丝风。

“觉警儿”，也说得过去。

搅　　混

破坏，胡闹，混合。几个女孩子一起玩跳圈儿，小妹妹也跟着在圈里两条腿并拢蹦跶。姐就说：“好小妹儿，你不会，别搅混，一边玩去。”

酱帽子扣绞锥——有尖不露

酱帽子，是酱缸帽子，秫秸破成篾子，自家编成的。大小正好盖在缸上。

农村都家家下豆酱，酱碟子几乎天天离不开饭桌子。苦春头子更需要，酸菜土豆冬储菜，吃得差不多了，全靠咸菜酱下饭。

拣上好黄豆，秋天烀好捣碎，做成长方块子，裹好高丽纸，放在干爽高处，发酵一冬。第二年春天，掰碎加盐开水，下缸。晴天大太阳，要好好晒，每天打耙，到夏天才能吃。里边还可腌些酱肘子、小辣椒、黄瓜纽子，来客人，可以端上压桌小菜。酱缸一般就放在窗户前边。说风就来风，说雨就来雨，没个帽子咋行？

绞锥，是捆紧大车上秸秆等所载大量货物用的工具。其实就是一个一米长、十七八公分粗的木头。一头削成尖，插进车载秸秆中固定，另一端凿孔横穿一个木棍，拴在绞锥上的两条绳子，在绞锥绞动中，越勒越紧。

这两样什物，都是农耕生活劳作中的发明，帮助东北人度过了漫长困苦日月。

尖，是奸的谐音。奸诈，坏得有水平。

酱帽子扣在绞锥上，绞锥的尖儿，还能露吗？

常用来说人机灵、聪明、狡黠、鬼道。有尖还要藏起，心机暗藏。

唯其不露，才更难提防。

将七将八

不大足，凑合着够用。“这块大布（家织布），做条棉裤将七将八。”布料没有一点余富，刚刚够用，也说“将将巴巴”。女人为孩子做衣服，布料差一点就不足，就说将七将八。谁家孩子偏摊上这么两三回，迷信就来啦，担心这孩子将来不会富裕，要拮据，是癞蛤蟆打苍蝇——将供嘴儿的命儿。我老母手巧，给我做衣服，还要讲个时兴样子。但每次布料，都将七将八。妈说，你将来日子要紧巴。

借谷子还稗子

谷子贵，稗子贱。

借谷还稗，出借者嘴上不说，心里不会太高兴。

“干啥呀，小脸总拉拉着，借你谷子还你稗子啦？”意思是我没对不起你，不高兴个啥。

接兔子腿了

跑了，唯恐跑得慢。嫌自己跑得慢，接了两条兔子腿。兔子跑得不是飞快嘛。“你快跑儿步不行啊？”“再快，就得接两条兔子腿了。”

节骨眼儿

节点，关键时刻。也叫“揹劲儿上”。时机、要害。

“别看不拈声不拈语的，节骨眼上，那可是不让份儿。”

“不让份”，应得的一份，不让给别人。

解嘎渣儿

说话赶劲，一句就能叨到理上。或一举立刻揭去对方遮羞布，一句就让对方原形毕现。这一方儿的人，心花怒放，说：“好，真解嘎渣儿！”

嘎渣儿一是伤口好了，结的痂；二是食物粘在锅上的部分或烤焦、烤黄的硬皮。

也许用“揭嘎渣儿”四个字，更接近原意些。

解 渴 儿

行走沙漠，一天滴水未进。忽见前边一片绿荫，有小泉闪烁晃动光点。掬而饮，直觉胃里痛快，头清目明，精神一新，便大出一口气，抹着嘴角说：“解渴，真解渴儿。”

赤日炎炎似火烧，田里禾苗半枯焦。漫天淋来含情雨，垄亩顿绿风中摇。乡亲们焦心变得一阵清凉，必定连说“解渴解渴”。

话说到根子上了，对方张口结舌。“一语中的，真解渴！”

净 意 儿

故意，有意。“你就净意儿地气我吧！”

今儿个莲花明儿个牡丹

今天说这个好，明天说那个好，都好听，却前后不一。尽拿好话填乎人，哄得实在人滴溜转。凡如此，必有一定“图希”。一旦你被图希的那点玩意儿飞了跑了或被人掏空了，总之离你而去了，莲花牡丹可就如影随形，见不到了。

不过有所得，增加了识人本事。

筋 骨 囊

指面食等的韧性，也指本事、能耐、章程。“他？那可不像出事之前了，还是别找他了，他现在没那个筋骨囊。”

卷　包

财产被人一次骗走，什么都不剩。

卷颜子

颜面被人顶回来，或是侮辱。面子丢失殆尽。

就　手

“姐呀，忙啥呢?”矮墙那边，喊着说。

“和杂和面，晌午烙大饼子。”

“哎呀正好，我也要烙呢。”

“你呀，见样学样，嘴长个葫芦瓢样儿。你和那面啊，不是稀就是干。端过来，我就手给你和了。”

邻居，干姐妹，好得就多了个脑袋。

就饭吃了

小时候学了一点手艺，或是念了几天书，都不感兴趣，自然就不能学而时习之。后来干了别的活计，学那一点东西，都忘到脑后了。“那谁呀，大娘求你给你大兄弟写封信。”“哎呀大娘，就念个赵钱孙李顺口溜，也没咋写过，这些年早就饭吃了。字认识我，我不认识它了，可写不了，写不了。”

第 十 章

卡 脖 子

脖子掐住，不让人喘气。比方抓住要害，以行勒索。差不多是另一种绑架。

卡 跟 头

正走着，没留心，脚被绊了一下，卡了个跟头。

也叫“闹了个前趴子”“卡了一个狗抢屎”。

侃　　快

爽朗，痛快。果断利落，有话就说，有事就办，不拖泥带水。“你就说行不行吧，男子汉大丈夫，侃快点！”

“我就看不上你那哝哝哧哧的样儿，站着撒尿的，总得侃快点呀。”

看不下眼

打爹骂娘，欺辱妻子，施暴子女；仗势凌人，过河拆桥，恩将仇报，落井下石等。过去，踹寡妇门，挖姑子坟等。好心善良的人，相互说，让人看不下眼。

一件活计，一件事情，连个花搭面都没有，评论者第一句，就可能这样说。

糠

磨米后的麸子。

萝卜放时间久了，失去硬度、脆度，像棉花一样了，叫“糠”。

指人太“不顶对”（硬气的反义词。话说不上去，活干不上去）。

炕头王

家里，谁都惹不起他。出了门，谁都惹得起他。本事是以亲情要挟家人。外地也说耗子扛枪窝里横。

靠　　楞

临界点，到份儿，到极限。“这还不到一年，就瘦靠楞了？”

靠排儿

按着顺序来，要有头有尾，按部就班。也叫“挨板”“挨排”。

“不靠排”，不能正经干活，靠不住，指望不上。

“他呀，别指望，干啥都不靠排儿。”

夸堆儿

东西看着多。

“好像不大夸堆儿”，就是不大够用。

咳儿咔的

故意使声儿，打扫嗓子，这只是摆谱的出场锣鼓，接着就是四平架，八字步，装腔作势，借以唬人。

磕头碰脸

相互有意见，甚至成见，就不愿意遇到对方。特别是单独见面，更不情愿。“磕头碰脸的，不去。”

有好心热心朋友同事劝说：“一个单位的，抬头不见低头见，磕头碰脸的，犯不着老这样。”“犯不着”，就是犯不上、不值当。

砢　　碜

可耻之转音。让人耻笑的事，发生在谁身上，谁不觉得砢碜！

不知有“可耻”二字，难知道以后日子，这个人可咋过。

尅

尅，批评，教训，责骂。“倒霉，又挨了一顿尅。”

“顶尅”，能干，精炼，上得了阵仗。“那可是一个儿，顶尅！”

“硬尅硬”，决赛，棋逢对手，将遇良才。现在叫死磕。

可 劲 造

造，吃。

东北人热情好客，爽朗大气，很少有“假假咕咕”的。

啃槽帮

戏园子，正对着舞台的座位，得看，不用扭脖子。主要还是坐中间，那得够份。前几排，得字字号号的主儿，票价自然要高。两边的，叫啃槽帮，票价低。

“字字号号”，有名有姓。字、号、名齐全，人物啊。槽帮，是槽子的两边。“啃”字，就有些奚落的意思，让人想到马把草料吃光，没饱，啃木头槽帮的样子。

啃青儿

蔬菜瓜果都下来，特别是青苞米大半灌浆，苦春头子算熬过去了。农民心情轻松许多。家里有老人牙口不好，孝顺儿媳先用礤床儿，把青苞米擦成糊糊。听外头母鸡咯嗒咯嗒报信儿，忙去“鸡窝”拿了鸡蛋，还热乎着呢。打了，呱呱呱搅匀，加油、葱、姜、盐和水，和上糊糊，盛在小号洋瓷盆里了，放在锅里蒸。火要急，一小会儿赶快端出来，不然就老了。清香弥漫，老人心里高兴。但又有些眼眶发潮，寻思老伴要活着该多好，儿媳这么贤惠，是咱们修来的呀。外屋孙子，忙利用灶坑余火，烧穗青苞米，正啃着，红扑扑小脸成了花蝴蝶。

掯劲儿

节骨眼，关键时刻，要章程的时候。“到掯劲儿上了，吃奶劲儿得使出来。”

窟 窿 桥

下绊子挖坑儿，给人窟窿桥上。桥上的窟窿，比陷阱还有杀伤力。窟窿，漏洞、亏空。

苦熬干休

“苦熬”两个字的口语化，强化。

“你爹妈吃糠咽菜的日子都过过，一个大钱掰两半花。苦熬干休到老，算给你攒了一间半房啊，你可好，几把牌九推出去了！”

苦春头子

青黄不接。粮食只剩囤底，土豆剩几个也在窖里生了芽子。但雪化了，燕子呢喃了，夏天不远了。

快当快当嘴儿

不说白不说，说了也白说，嘴上快当快当，心里痛快痛快而已。

第十一章

拉 松 套

马拉车，套股绷得登登紧，这马就是不肯出力的，上坡关头，喊一声“驾——”，鞭子稍一摇晃，它就头勾着，四腿肌肉绷起来，一直拉到坡上，打个响鼻，又从容往前拉。老板子夸它：叫一号，拉一号。

相反，要尖头的，做出使劲的样子，看那套股松松的。叫拉松套。

还有一意：答应得好好的，到出力的时候，“打退堂鼓”了。

刺　　巴

表面粗糙，看着摸着的感觉，刺刺巴巴。

拉　　巴

腿有些毛病，两腿拉得挺宽往前挪。

拉拉脸子

才刚还瓜子脸，呱嗒一拉拉，变成驴脸了。“撂脸子了，驴脸呱嗒的，给谁看呢?”

拉帮套

家里男人突然伤残或长期病重，“急天抓地”，女人也养不起五六张小嘴，小燕子似的张口要食儿。有单身男人，也叫“跑腿子”，愿意出力养家，就叫帮套。车有辕马、里套、外套，外边再加一匹，不一定是马，也许是条叫驴，就是帮套。

拉小套

城里运输，主要靠人力拉小车的年月，在坡子长大的路段，都有半大老头、半大孩子，预备一个一端带铁钩的绳套，等待年纪稍大的人或妇女，没那么大力气的，忙去挂上钩，帮助拉到坡顶平道。两人齐心合力，身子前倾手可触地，套绳勒进肩里，隆冬呼吸成霜染白须眉，酷夏汗水直流脚底。得到些许报酬后，紧忙返到坡下去，等待新的苦巴苦业的人。

这一段上坡路，承载着多少苦家庭的衣食接济？磨砺了多少有志气的男女？

拉绺子

有些匪名的，拉起一拨子人，组成绺子。抗日前后，龙江绺子很多。

拉弓射箭照直绷

直话直说，别来那些拐弯抹角。

拉　忽

记性不好，粗心大意，丢东忘西，一天拉拉忽忽地混日子。

落过儿

待人接物或办事考虑不周全以致疏忽失误或错过时机。过，过码，礼数。应该不落过，不丢礼数，人情上你来我往。

落渣儿

猪下羔子，一窝中最小那一个。也叫“末末渣儿”。

有时也说最小的一个孩子，话里疼爱有加。更多时候用“老秋纽子”，是拿蔬菜作比方的。倭瓜，第一个结的，叫主根子，最后一个，叫老秋纽子。还有叫“老小儿”的，长大喽，就得称“老疙瘩”。

蜡头不高了

老了，在世上所余岁月不多，用蜡头不高（残烛）来比喻。文化人说老朽，说风中残烛。

擜（lǎi）大玄

说话不靠谱，吹牛，有骆驼不说马。玄天日地的，云山雾罩的。

擜大春

来荤的，说砢碜话，也叫来大彪。现在叫黄段子。擜，撕。

赖赖巴巴

身体不好或不强壮，一天总是赖赖巴巴三分病；什么东西不够用，就那么将就着。

赖皮赖脸

不顾脸面与自尊，死乞白赖缠着人家不放。心赖，所以皮赖，脸也赖。

浪不丢儿的

心里感觉挺美，“美个滋儿的”，言行眼波便自然表现出来。有一句歌词说，“走起来好像水上漂”，就是。

牢　　棒

结实，可靠。语气重些叫“钉帮铁牢”。

老鼻子了

太多了。“在家坐着，柴火就来了？到柴火市去买呀，苕条、秸秆、木梓子、秋板子，老鼻子了！”“秋板子”是秋后割下来的粗壮蒿子秆，捆上，晒干。火硬，开锅快。

更难得的是香蒿。大壕边上，年年生有许多。天高气爽的秋日，割一上午，人觉得晕晕乎乎，飘飘欲仙，熏醉了。拉香蒿的车一过，清香气息，路上久久不散。蒿子垛在东秫秸障子外，梦里有香气。那就是夜里刮东风，东风送过来的。做饭烧香蒿，乳白的烟，袅袅升起，全屯子，都在香气里面了。

古诗人赞美梅花香的诗词，有一句我记得最清，零落成泥碾作尘，只有香如故。高雅风骨，生生死死都是香的。香蒿难登大雅之堂，可是那香气，另有一格。它生生死死，那香气，都给了农家了。形容多，也直接说“老了!”“老了去了!”

老，常当“很”字、“太”字来用。“李豆腐坊的豆腐皮，老好了。”“这孩子调皮，天天出花样儿，老让人操心了。”

老秋，即深秋。

“这苞米太老，哪还能烧着吃了?”这里的“老”，与嫩相对。

最后一个，如老疙瘩、老秋纽子。老妹子，其实是最小的妹子。

人老了，是寿星；老人了，是人死了。

老儿子娶媳妇，大事完毕

最小的儿子娶了媳妇，当爹妈的可以舒一口气，觉得此生义务结束了。可以自慰，又有些许凄凉。

老太太过年，一年不如一年

老人走下坡路，孩子走上坡路，无一不如此。

一年不如一年这意思被借用，用于对大小各类趋势形势判断。

老　　赶

外行。有个别技术精、人更精的，故意糊弄外行，垄断技术与利益。懂门道，上海话叫“门槛精”的人，回击说：“师傅，别拿谁当老赶啊。”

姥姥不亲舅舅不爱

姥姥最疼外孙外孙女，舅舅也爱外男外女。可是连最疼的最爱的人都不疼不爱，别人还用说吗？人要落这份儿上，可得好好反思反思了。

捞高粱茬

刑讯逼供，或残酷处死。土匪私刑报复对手或触犯他们的人。

拴住人两脚，用一匹马拉着，猛抽几鞭，在刚刚收割过的高粱茬上快跑。那高粱茬，锋利如竖刃，马跑不远，人就血葫芦一般啦。

这是老人传说，当时，也没听说有这样灭绝人性的事发生过。

落（lào）忙

屯子不大，哪家有个红白喜事，能不能抽出工夫来，都要去落忙，传统看成是屯子里共同大事。谁不去，人们嘴上不说，心里记着，想起来会隐隐作痛。

落忙，就是帮忙。像自家人一样，哪儿用哪儿到，绝不要报酬。主家也不提要给酬劳。提钱了，就是把乡亲们当外人。白喜事，丧主戴孝挨门磕头。红喜事后，设酒席答谢。没条件设酒席，话要过去。

红喜事，儿女结亲自然大喜。为何说死人是白喜事？生老病死，人生铁律。到耄耋之年，老人故去，跟生时一样，也是喜事啊。不要人吃土时欢天喜地，土吃人时叫苦连天。生死寻常事嘛。有些古朴纯洁的内在品格，老吾老以及人之老啊。

落（lào）炕

病得太重，总得（在炕上）躺着。病卧难起了。

冷手抓热馒头

两手冻得猫咬似的疼，从冷得嘎嘎响的屋外进来看馒头刚端下屉来，伸手就抓，能不烫得缩回手去？

比喻毫无准备，冒蒙儿就要去干一件事。“那不是冷手抓热馒头吗？还是‘扫听扫听’（了解、打听）再说吧。”

愣　葱

愣头愣脑。性格像生葱一样，辣味呛人鼻子。

勒大脖子

一条皮绳，使劲勒脖子，谁能喘上气来？借着事权，找到机会，索取钱财。吃拿卡要，低级权力寻租。伪满洲国挺普遍，多发生在市井乡里。老百姓花钱免灾，道路以目，不敢相互说话，怕不小心，被抓反满抗日。连茶楼酒肆，墙上都写着莫议国是。

有一种暗杀手段，叫“背死狗”，凶手以软细钢丝，看准了，暗里从背后往人家脖子上一勒，回身背着钢丝快走。这是真勒大脖子。

累 啃 人

给人添许多麻烦，而且时间不短，成为别人或亲人的累赘。小孩子“常闹人”“磨人”，还“跟脚”，妈妈就会说：“小祖宗，我哪辈子亏你的，咋怎么能累啃人呢!”

立马追急

立刻、马上、赶快。“咋的了？这么立马追急的，一点空也不容!”

利手利脚

孩子多的农妇，累得晚上上炕得拽猫尾巴，羡慕一儿一女一枝花的妇女：“他婶子，你看你，头是头脚还是脚，利手利脚真像才过门的。”

连汤狗不捞

干活不利索。“丢心啦？丢魂儿啦？活儿干的，里一半外一半，连汤狗不捞的。”

话说得太不利落。

连裆裤

裤裆连着裤裆的两条裤子，没见过实物，语言却发明出来了，全靠想象。意思跟“两个人好得恨不得穿一条裤子”差不多。不过，说谁谁两个人穿连裆裤，多半指不干正经事，是“狗扯羊皮”。

脸酸

性急易怒，脸说变就变。脸酸其实是性子酸。“你脸咋这么酸，是酸脸猴子咋的?”懂事小媳妇悄悄拉男人袖口，小声劝丈夫，“别跟人家三句话不来就‘甩剂子’（翻脸，也是脸酸）。”

“甩剂子”，一言不合，变脸，转身，走。

脸上的灰能上一垧地

夸张说法。脸上灰尘太多，当肥料也能上一垧地。

裂　歪

不周正，不正。“门框咋裂歪了?”

引申为糟了坏了，“这回裂歪了”。

裂　合

半开半合。“看你那肋腻（不利落）样，一天裂合个怀儿。”怀儿，衣服前大襟。一般都用来说哺乳妇女不利落。

留后手

话不说满，事不做绝，力不使尽，钱不花光，藏个心眼，备条后路。

绺　子

土匪队。“这伙胡子是哪个绺子的?”绺子以大当家江湖报号为名，如绿林好、平北等。

溜房檐的

旧时多数城里人家没有自己的住房，只好租住房主的，而且不定什么时间换住处，所以自嘲是“溜房檐的”。

六　　儿

啥。

“庄稼挺好啊。”

“好个六儿，光长秸秆不长籽粒。”

驴脸呱嗒

驴脸很长，而人不高兴的时候，脸就不自觉地撂下拉长，媳妇要开哄了：“哎呀，咋的了，别跟人家驴脸呱嗒的好不好?”

驴性霸道的

不讲理，欺负人，牲口一样。驴性而称霸，不是恶霸，还能是啥?

说话办事，不顾长幼辈分，强横无理。特别对双亲詈骂侮辱，乃至拳脚相加，苛待虐待。这样人没有不为乡亲们所不齿的。大家都警告自己的孩子：“可别跟谁谁来往，那王八犊子驴性霸道的，早晚天打雷劈。”

驴粪蛋子外面光

驴粪蛋子外面光滑，里面是草渣子。

借喻表面华堂，内里草包。

金玉其外，败絮其内。

驴马烂

驴马头蹄下水，烀了，叫卖。穷人“拉（解）馋”熟食。

驴马烂子，形容人不正经，下作。语气重一些的，还要加形容词骚干，成了“骚干驴马烂子”。

捋　道

乡间车路不宽，多在庄稼地里穿过。两边庄稼，让拉车的马馋得“掉了魂似的”，“约莫”老板子（赶车人、车把式）没留意，脸长嘴快，匆忙捋一口，一边拉车，一边解解馋，就叫捋道。

马总没人聪明。人用柔软柳条儿，编个小圆筐样的东西，给有捋道记录者戴上，名为“马箍嘴”，从此，不用担心路边庄稼了。

还一个用处是，给“横踢乱咬”的也带上一个，平息了不少麻烦。

需求催生小妙招、大发明，催生了企业与市场。

搂草打兔子一挂二手

本来去搂草，草丛中藏着的兔子也打到了。办一件事，捎带着把另一件事也办了。

懒驴上磨屎尿多

一牵过来，驴就知道要让它拉磨。为啥？条件反射，惯了。也是条件反射，要拉要尿。人们说它老磨蹭。记得《红楼梦》写到贾环要坐那儿念书，就是一会儿要这个，一会儿要那个。丫鬟金钏吧，好心劝他，反遭诟骂。这句关东粗话用到他身上，也不算太委屈他。

懒汉骂庄稼

种地怕天凉，铲地怕天热。肥不上一把，水不浇一回。到老秋长长眼了，气急败坏骂庄稼不争气。

烂　蒜

不顶用，不正经，平时游来逛去，工作时手伸不上。“这几头烂蒜，不把单位整黄了，就得烧高香！”

烂桃儿

形容男女关系滥。一个屯子有这么一个，外屯子一问，都脸红。

零　揪

不觉中一点一点用完了。“不知道这么大一笔钱，就这么零揪了。”

来回盆

人情礼道，亲友交往，都得互动。你家娶媳妇，人家送了礼。他家嫁女，你门一关或躲出去假装不知道，人家就会说你“没个来回盆”，遇到宽厚的还好，遇到好较真的，可是要记住你这帖老膏药。长此以往，你就成了“灶坑打井房顶扒门，上炕认得老婆、下地认得灶王的主了”。

人不能“属犁碗子的，一面翻土”。

令

说道儿、讲究儿，现在说叫潜规则。如“妖叨令”“一个和尚一个磬，一个婆婆一个令”。

两好轧一好

你敬我一尺，我敬你一丈，有尊有让。两个人在对方判断上，都较以往好了，这叫两好轧一好。轧，是相处甚至结合的意思，比如两家轧亲。

乡亲们把这一点看成交人处事的金科玉律。

谁能这样，在屯子里就格外有人缘。也可能受到夸奖：“张老疙瘩，仁义。”

两头带日头

不贪黑不起早。与披星戴月相反。

尥 蹶 子

马、驴等动物，后蹄子后弹，防卫食肉动物攻击。有时撒起欢来，也跳起来，尥几个蹶子。

说人发脾气，“摔耙子”（猪八戒摔耙子，不伺猴，不干了），就说：“咋的，尥蹶子了？”

鲁蛮瞎臭

愚鲁蛮横，不讲理，到不可理喻的程度。

嘟噜个脸子

拉拉脸，弄得上窄下宽，一天不开晴。也叫啷当个脸蛋子。

路　倒

“朱门酒肉臭，路有冻死骨。”冻死骨就是路倒。不是冻死的，步行死在路上的，都这样叫。后来，穷人也看得开了，总不能不出门吧？说了一句硬气话：“道死道埋，路死路埋，死到阳沟是棺材。”

阳沟，路两边排水沟，上边往往铺上木板。

卤水点豆腐

卤水点豆腐，一物降一物。豆腐可以说是我们民族从前的一大发明。能让豆汁变成豆腐。当时科技不发达，认为这种想象很神奇。寻摸来，寻摸去，看到了一类物质，能使另一类物质发生不可思议的变化，换别的都不行。现代科学有对“非牛顿流体”的研究，可以解释这种现象。推而广之，看到猫捉老鼠等情形，就总结出来这么一句挺有哲理的话。比如说有这么个愣头青，谁都管不了，却就听他一位哥们的。人们称奇，冲口就会说：“真是卤水点豆腐！”跟“一把钥匙开一把锁”词义相近。

卤嗒嗒

阳历八月，天阴人闷。热而不见太阳，潮又没有雨云。地里庄稼，脚下土地，似乎喷着蒸汽，衣被看着沉重，摸上去湿软蔫，毫无精神。明明觉得有汗，却又不出来，后背好像潮湿，怎么擦抹，羊肚子手巾上，不现湿痕。外边潮热进不来，身体内潮热散不去，内外交互停顿。想睡，哪里睡得着，说没睡，梦里分明左翻右滚。三九风雪痛快，初夏暴雨淋漓，这叫啥呀？乡亲们叫卤嗒嗒的。

挺形象，活像一只卤鸡。现在人叫得洋气，桑拿天。好在，一年不就那么几回吗？恰好给东北人带来另一类磨砺。

露水闪

晚上，阴云四合。远处雷声，不断在天上滚。沉默之后，漫天如同礼花般快速闪动，却再不闻雷声。

或者，云彩不密不厚，没有雷声，远方某处快速闪动。

两种情形，父老们知道，这块云彩没有雨，这雨是下到别处了，那只是露水闪。

拎　搭

发泄不满，手上撒气动作，比摔摔打打轻一些，幅度小一些。“有话就说，干什么这是，拎拎搭搭的？”

捋顺调羊

听话，驯顺。如同顺毛摩挲调教好的羊。

“那谁不起刺了？”

“起刺？敢吗？捋顺调羊的。”

“那谁”，不说名字，但彼此都明白“那谁”是谁。

龙多靠龙少涝

龙行雨。但龙多了不下雨，龙少了反而不缺雨。靠，互相算计，都想让对方多干一些，自已轻闲一点，耍奸弄滑。一个和尚挑水吃，两个和尚抬水吃，三个和尚没水吃。大锅饭大帮哄都穷，一包就灵。都是一个原因，拔一毛而利天下不为也。

搂

贪、占。钱财往自个儿手里划拉。

“搂席”，农村过去办红白喜事，拿得出的人家，都要摆酒席。八碟八（碗），六碟六，管它好坏都有几桌。可下子捞着荤腥，有人就“可劲造”，甚至盘子碗都拿到自个儿跟前来。过后，人家要笑话好几年，说某某人本事，爪子长，就是能搂席。

“搂着点”，节制点，控制点，别忘乎所以。

露馅儿

黏豆包，刚一揭锅，蒸汽小旋风一般旋转飘散，随即弥漫清新、微甜、微香的黄米味。一锅的亮黄色，随着热气流失，倏忽变幻，色泽由浅而深，定格在油亮深黄上。男人摩拳擦掌伸手要拿，女人一巴掌，把那只大手打得缩回去：“心急别想吃热豆包!”男人问：“啥馅的?”女人：“大芸豆。”男人趁着女人不留神，用筷子扎破了一个，说女人：“还吹呢，这不是小豆吗？露馅了!”女人说：“考考你，大芸豆的看着就立整，抱团，小豆的一揭锅就‘趴拉’（堆下去，扁了）。”

露馅儿，隐瞒实情，严严实实包裹秘密，终有一天，被揭露出来，“露馅儿了”。

罗圈儿

罗是筛面用的。过去小麦磨成面，要用石磨，先粉碎，再过罗。罗有粗罗细罗。能过罗的是白面，过不了的是麸子。虽来自一颗麦粒儿，一过了哪怕粗罗，价值判若霄壤。跟鲤鱼跳龙门还不一样，鲤鱼是不同个体。引人深思。

罗圈圆形，用以形容圆圈状物。

“罗圈儿腿”，即O形腿。

“打罗圈架”，连环架，吵来吵去，又回到原点。如同一挂鞭呈圆形摆在地上，点着起点，最后又回来。

第十二章

麻花劲儿

麻花儿，用三条面搓成。
三股经儿拧成的绳子，更结实。
三股经拧成一股绳，形成螺旋结构，美观又结实。

麻爪儿了

爪麻不会动。其实说的是吓得不会动手。
面临复杂问题，找不到头绪，手足无措。

抹抹搭搭

不开心，对有意见的人，眼皮向下而不合拢，嘴一抿一噘。
满脸不屑。
似乎女人这样表情，见得多些。

麻 应 人

看见毛虫等物的心理感受。敏感的人会起鸡皮疙瘩。

麻溜儿的

“快快，赶紧的。”

“咋不动窝？麻溜儿的呀！真是，火上房也不着急，可咋整啊你可！”

马莲筒子雨

雨下起来不间断。也叫一个点的雨。看过刘绍棠小说中写到鞭杆子雨，就是不住点地下。

马倒鞍子转，墙倒众人推

一种趋势。马一倒下，鞍子能不转过来？墙快要到了，大伙都要推倒它，免得砸伤自个儿。

“人走茶凉”，人要倒了呢？

马高镫短

马高，加上镫短，上马增加难度。指遇到困难了。

朋友宽他的心：“别急，谁还没个马高镫短的时候？车到山前必有路。”

马粪蛋子还有发烧的时候

马粪看来是无用的东西，谁也不拿它当回子事。可是到了春天炡了（发烧），到了又想起“庄稼一枝花，全靠粪当家”这句农谚的时候，那它可就是个宝了。这是说，不要瞧不起平常人。“看不起人？马粪蛋子还有发烧的时候！”

马大哈

马马虎虎不认真，喇喇忽忽忘性大，大大咧咧难在意，无心打场常走神。前边那句是主要的。

二十世纪五六十年代，有段相声讽刺这种作风，马大哈当时成了流行嗑儿。

“马虎”，同义。

码着脚踪走

沿着前边的脚印走。意为每一步都有根据，离不了正道。

骂杂儿

旁敲侧击，不指名谩骂。

埋汰人

污蔑、栽赃、夸大情节，故意贬损人，让人百口难辩，“屎盔子”扣到人家头上。

“这不是埋汰人吗？”

“要埋汰谁咋的？妄想！”

买猪买不了圈

你买一口猪，就看这猪好不好得了，挑圈，说这圈这漏风那漏雨干啥？多为媒婆说词。劝说男方不要挑女方的家。看看，买卖婚姻竟然把人比成猪了。接下去，媒婆会说，谁家没点馊包子烂面子的？你看，这是敲打男方呢。含着的话，是你挑人家，人家还没挑你呢。

很注重门当户对的男方，针锋相对：“娶女看家，买猪看圈。”他注重家教门风。于是公说公有理，婆说婆有理了。

买药吃去吧

过去用简单的“打冒支”等手段，骗取一些财富，被骗的，说这样一句话，算自我安慰。

现今，自己上了当，钻了套，跳了坑，损失了钱，或被巧言令色的、各种各类大小骗子骗去不少钱，也气不过，就来一句诅咒：拿去买药吃吧。

卖瓦盆出身——一套套的

过去农村家家用瓦盆。平原上三五里地，就有瓦盆窑，一缕青烟飘起，专烧这个。青灰色，轻轻一敲，声音清脆好听，就是烧得好。有破拉声，是有了暗璺。大二三小盆子，一套套的。型号齐全。买回家来，防止渗水，先用小米饭米汤抹一遍。

此语重点在一套套的这词上头。比喻人能说会道，一说一套儿。

瓦盆窑走进历史，砖窑取而代之。

满天云彩全散了

矛盾解决，误会过去了。郁结于心的困苦一扫而光了。一招症结能打开，满天云彩全散了。问题之锁，找到钥匙。

人生难得有几次这样的快事。

这里云彩，不是久盼的雨云，而是愁云。

“小两口打架闹着玩，早上一起炕，满天云彩全散了。”

满嘴跑火车

随性子乱说一气。说大话，吹牛皮。

满脑袋高粱花子

说人土气。种地人，在长起来的高粱地一走，高粱花能不落在脑袋上？后来，这高粱渐渐退出当家品种宝座，城里人觉得满地高粱红那是很久以前的事了，于是，一个意思的新词，就流变成“老庄”“老屯”“土老帽”“山炮”。

高粱长到一人多高，要扬花，人在地里劳作，那花会落在头上。有些人，吃着农民辛勤汗水培育的粮食，反而瞧不起种地的，说：“你懂啥？满脑袋高粱花子!”有时农民自嘲，也这么说自己，那是觉得没这些高粱花子，你也没高粱米饭吃。是一种傲气。

高粱如今不多见了，过去，那可是东北种地的当家品种。此一时彼一时呀。

满应满许

全部答应，一百个答应。

慢 抽 筋

抽筋，痉挛。一次过去，还少受些苦，如果慢慢来，那可要不胜其苦了。比喻长期慢慢零星受苦、受害。那加害者格外令人憎恨。

慢刀子戳人

想整人，又不来个痛快的，故意让人经受长期痛苦。

忙三火四

忙完这个忙那个，总是急冲冲的。可能把一些该办理的事忘到脑后。

猫冬儿

边远苦寒之地，进入十冬腊月，北风呼号，白毛风漫天。星星点点小村落，成了雪下人家，一片银白。除了时而匆忙消散的炊烟是动的，一切好像静止。滴水成冰，呵气成霜，伸不出手来。人们只好躲在茅屋里。冬藏时期，关东叫猫冬儿。

其实，农事活动也不少。捡粪炠粪，扒麻选种，修理农具绳套，等等，勤俭人家虽然悠闲一点，活儿也并不少。

娱乐总得有一点。大人家伙房（住长工的大筒子屋），请来蹦蹦戏，唱上一出《洪月娥做梦》或是《大西厢》，全屯子姑娘媳妇，撇着二三尺长的大烟袋、头上戴毡帽头、腰里系麻绳头的老爷子，都来了。屋子里蛤蟆头旱烟辛辣味，不绝于鼻，唢呐鼓板不绝于耳。有的一直唱到鸡叫。回去以后，一年内得了闲空，人们还偶尔讨论评品。

还有小小的马掌（纸牌）局儿，也都支了起来。

唯有认识到读《庄农杂字》重要的家长，乘机让孩子们上冬学。

猫，还有藏的意思。孩子们没别的玩具，怕啥？玩藏猫猫（捉迷藏），也是一片欢声笑语。

毛毛道儿

北大荒刚开荒占草时，地广人稀，能走车的大道甚少。就连人行小道也不多，应了鲁迅先生那句话了，走的人多，也便成了道路。

走的人不多自然不会有道儿。

庄稼种上，黑油油土地上的“野马”（地气）氤氲，辽远，能望到远方似乎波动的地平线。不知是谁，在一条条垄上都印上一个清晰脚印，进入前边的屯落。第三四天，脚印不见了，特殊小路出来了。人要到邻屯去，谁不想抄个近，“走弓弦”？一步一垄台，从庄稼地里横穿过去。有第一个走的，就有第二个。从春到秋，称为毛毛道儿。靠着习惯，冬天茫茫雪原，也会在原处踩出一条蜿蜒的窄窄的雪路。

我上小学高小，走过好几年这样的毛毛道儿。那种热烘烘的清香气，至今不忘。当然高粱、苞米叶子拉皮肤，痒痒的，留下一道道隐约的红痕。不过农村孩子“皮实”（皮糙肉厚，摔个跟头，拉个口子，没事一样），淘起气来就忘了痛痒。

想起来，内心挺温暖，感谢种地的人温厚包涵，有这样一种利他的乡风留在人心里。

猫见狗似的毛都挓挲着

说男人头发太长，应该理发了。

村里猫养在屋里，狗养在外面。它们好像有戒备，猫一见狗，腰一弓，浑身的毛包括尾巴，都挓挲起来，红口白牙大露，从上牙膛的震动中，发出一种恐吓声。

以此“挓挲”喻彼“挓挲”。

毛 子 嗑

日俄战争以后，东北见到比较多的外国人，是俄国人。看他们毛发较重，就叫起“老毛子”来了。后来一些俄侨，自己也这么说。他们喜欢嗑向日葵子，也叫瓜子儿，毛子嗑。后来东北人，也在自家菜园子（也叫香火地）不挡阳光的边角地儿种上，那些长足身量的，夏末初秋，花瓣金黄，格外醒目，让倦了的绿意有些难为情。

葵花子，东北人喜食，反而把原来关里特别是南方的喜欢嗑西瓜子、南瓜子的习惯，一点点淡了下来。

冒 蒙 儿

情况不了解，底细不清楚，就要采取行动，叫冒蒙儿。一半冒失，一半蒙事儿。对就对了，不对豁出去了，反正撞大运。唉，盲人骑瞎马，夜半临深池。

美得不知姓啥

妹妹画了一张画，是一个英俊干练小伙子兴致勃勃擦拖拉机。姐姐溜了一眼，要拿到手里看看。妹妹一把捂上了，麻溜装进抽屉里，嘎嘣一声锁上，美个滋儿地笑。姐姐伸出一根指头，点妹子宽宽的脑门："看把你美的，都不知道姓啥啦。"妹妹头一歪，下颏一翘："你姓啥我姓啥呗!"

美个滋儿的

心里有美事，不想说，但形体表情流露出来轻松愉快、优美自如的样子。

有一种绿皮儿的、有着红得发紫的瓤的细长萝卜。有的地方叫槟榔萝卜，有的地方叫"绊倒驴"，我们这儿呢，称作"心里美"。

美个滋儿的，地道是心里美的表情，发自内心深处的，清澈泉水汩汩流出一般，纯洁自然。

往往女儿家，有了一点喜事儿或得意事儿，偶尔独处，这种美才生发。辫子柔柔地撩到背上，脸上春风乍起，桃腮柳眉，轻咬下唇。稍歪着头，双肩放松垂下，有一搭无一搭摆弄着一件女红。微微隆起的胸脯，呼吸有一点加快。障子外的柳树垂绦对她摇摆，她似见非见，院里母鸡悠闲的絮语似有似无。全身都像心里散发出来的美，软化柔化。

含羞草，一触碰就变化。妈妈在另一个屋喊她，一声两声，到第三声她才听到。急忙下炕到母亲身边，人却变回平常样了。

不一定独处。比如在村路上走过，她全部灵气汇聚到内心的美里去了，一样看不见周围的一切，与独处无二。只是婶子大娘看见会想，哎哟，这丫头今儿咋变得这么好看了？轻盈得让人认不出了。一两个小伙子，眼光却有点离不开了。那表情呢，有点像呆鹅。

男女孩子们，也偶有这种表情。渐渐老去，这种表情难寻难觅喽。

没 六 儿

没正经的，没正形，让人认为没正事，办事没把握。“说话没六儿，那人你还信？那不赌等着窟窿桥上？”

没 咒 念

没办法，无能为力。“你个大能人，也没咒念了？”

咒语，道人讲，他们的咒语，能逢凶化吉，能驱妖辟邪，转危为安。所有的咒语都念完了，杀手锏也没管用，不就证明任何制敌招数都没了吗？

没 耳 乎

没留意，没大记得。

没有沿凌水，勾不起老冰排

沿凌水，林区叫桃花水。桃花开时，冰冻的江河，冰面上的冰雪，渐渐融化，在冰面上流下来，成了高架江。上下两条江，各流各的。几天后一冬的坚冰酥了，加快了真正开江开河速度。

冰排，开江开河的大块浮冰。其流如万马奔腾。黑龙江（界江）是全国最寒冷的大江，一旦中间那层一两米后的冰解体，跑起冰排来，更是恢宏壮烈，顿时成一条翻腾奔涌冰山之江。

借指没有新事儿，旧账也勾不起来。

没 深 沉

没修养，没教育，自己不知道自己的身份。不知道规矩，当做的不做，不当做的反而去做。

没深拉浅

不知轻重、利害，言行冒失。失礼、浅薄，能不为人所轻视？

没钱吓唬鸟都不飞

没钱没威，不用说没人听你的，就连胆子最小的鸟儿，看见穷人都不怕。

一个挺有意思的夸张、形容。

没有春风哪来秋雨

春天风大，秋天雨大。

引申为没有因由，难有结果。

春风秋雨之说，经验谈。犹如“八月十五云遮月，正月十五雪打灯”。

没着没落

多少次听女亲属们说过：“这心怎么老觉得没着没落?”

上下左右不靠边之谓也。那太阳地球月亮行，人心可不行。话说回来了，就是天体也不是离不得引力与轨道吗?

不仅表达一种心镜，更表达一种实况。离群的雁，孤处的狼，天空中飘着的那一朵孤零零的云也是如此，更不要说鳏寡孤独的、被人群唾弃的、因某种原因被孤立的人了。

没弯弯肚子别吃镰刀头

此语重在一个“弯”字上，抓住胃与镰刀共同特点，创造出来。其实，正常人的胃，都是弯的，除了自称有特异功能者，谁敢生吞镰刀头?何况特异功能到底有无，迄无结论。所以“儿童切勿模仿”。话的意思是：“没有真本事，不能假逞强。我的肚子是弯的，所以这个镰刀头我是吃定了。”假逞强，逞不了多大一会儿。同义的嗑儿还有“没有金刚钻，别揽瓷器活儿”“没有三把神沙，不敢倒反西岐”。金刚钻一句，放在真实基础上了，形象易懂。

没好瓜打

没好果子吃。

“你跟那些‘横虎’似的人，一天天打恋恋，没你好瓜打。”

没嗑儿摸

他说，蛤蟆有三条腿的，说得“有鼻子有眼”。旁边有人问：“你见过?”被质疑者语塞脸红，“没嗑儿摸了”。

没　　治

有人总爱挤咕眼睛，从小到大，就是到老，也还如此。人说：“那算没治了。”

什么事情挠头，用尽力量理不清，有些灰心。“这算没治了。”

没心没肺

“大大咧咧”的人。什么事不大走心，吃得饱，睡得着，一天笑呵呵的。

昧 下 了

别人的东西，偷着自己留下。太“爱小”，管点事就容易成为“苍蝇”（小贪）。

眉眼高低

眉梢上扬，眼内笑盈盈，一定是有好事，高兴。相反，眉毛拧成八字，哀愁满眼，八九不离十，是什么搬不开的大小石头，压在心上了。眉毛平直舒朗，印堂显着宽而亮，眼如春水，那心头必是缕缕春风。横眉竖目，表明心头是霹雳暴雨，或是火山要喷发……

一副眉眼，可以有千变万化。人有多少种心境，眉眼就有多少种变化。过去有相面的，虽多是江湖术士，却也有一些看形容言行测定人内心的本事。一般人都是心情心境写在脸上。能做到喜怒不形于色的，有城府，泰山崩于前面不改色，“道行”深，那是非常人可比的。始终是假面般一副面孔，那面孔也真就是假面。咱东北人比起来彪悍粗犷一些，可是先人们还是懂得知己知彼的重要性。

所以，一句“你怎么看不出眉眼高低”，是重磅的批评、责备、评鉴。谁听到了可千万别当耳旁风，加紧学习修炼吧，以便适应社会，在人群中站住脚，有个立足之地。

昧着心眼子说话

心里明白确实不对，不在理，为了私利，硬说是对的。等于把公正心有意藏起来。

还有一句：心长在肋巴上了。意为心长歪歪了。

眯　　着

老实待着，别说你有什么意见。“你压着草根儿眯着吧。”

眯一会儿，闭目养神，或小憩一刻。

抿拉抿拉

牙口不好，食物咀嚼不烂。借喻苦果吞了，屈辱忍了。“以前那些不讲理的事，我抿拉抿拉咽了。这回你又来了，你可得知道，兔子急了还咬人呢。”

面　　瓜

甜瓜到熟时不及时摘取，就会一点点变面。口感很面者，叫老面瓜。从外面轻轻捏去，就能感觉出来。掰开来的样子，像火盆里烧熟的土豆，面得起金星，受牙口不好的老年人喜欢。

借以形容人的性格老实过火，没“一丁点儿”血性。

“王老疙瘩呀，那才是个面瓜呢，咋捏咕咋算。”

面打罗里转

麦子经磨，面、糠、麸子都在一个罗里转。就这么大个范围了。就跟“这一堆这一块，肉烂在锅里”一个意思。

不管花啥钱，咋花钱，“末了归宗”，都得在这一个“罗”里出。

面　　善

慈祥。

看着面熟，又一时认不太准。

也说“看着面荒的”。

门洞子风

城墙挡住的风，集中在门洞子一个出口通过，自然要大要硬。与山口风大风强是一样的。

门　　风

顶门过日子，一家有一家的活法，一家有一家的门风。门风即家风。人有世界观人生观，家有自己的价值观。富贵、勤俭、报国、自扫门前雪、享乐、和谐、自私等等，千门万户各有不同类型的追求。特别过去大户人家，更是如此。杨家将，历来受民间同情赞赏，与他们对立的潘家，又是一种追求，令人不齿。

小门小户，也各有特点。建立一个好门风，就给子孙留下做人的脊梁。

“门道”，一种路径。

“门市头”，铺面。

“门槛子高”，高门大户，不好进，标准高，难通过。

闷灶子

有的人家人口多，炕是通铺，间隔起来。外屋灶坑做饭，烟道很长。为了取暖，每个间隔里的炕墙子下，多留一方孔，自己或小半拉子来给“攮炕”，就是塞进去搁挠点着，慢慢燃烧，直到天亮，火炕总热得均匀。

蒙上张纸哭得过了

脸色过于灰暗消瘦，病入膏肓的样子。蒙上一张纸，说死了也有人信。人一死，亲人首先要哭。

蒙　　登

糊涂，不清醒。

摸　　咕

形容人动作太慢，干什么都由着性子来，慢腾腾，火上房不着急。还有一句类似的词，叫“磨叽”，也是说慢，但还含有故意拖后的意思。

摸瞎糊儿

在黑暗中摸索做事、走路。

摸摸犄角也疼，摸摸耳朵也疼

到该舍得的时候，什么都舍不得。

此话是否来自养牛卖牛的人？辛辛苦苦养大了，忘不了共同经历风和雨，有感情，黄牛无声奉献，他动心。到送牛进汤锅，十分不忍。摸犄角摸耳朵，主人心都痛。

人在矛盾中生存。

磨道驴——听喝

驴套在磨上，叫走就得走，叫停就得停，除了听主人吆喝还能咋办。听喝，就是听支配。

借喻人在人的管束下，让你干什么，你就得干什么。常用于牢骚话，又不全是牢骚，隐含几分无奈与辛酸、自怜。

末了归宗

到了最后。

磨磨丢

一件小事，惹着她，或不对她心思，再不两个人吵了几句嘴，就躺到那儿。他去劝，她蒙头。他说："你看，又要上磨磨丢了！"

抹眼泪蒿子

男人说她要磨磨丢，不知是撒娇，还是委屈，吧嗒吧嗒掉上眼泪儿了。男人亲她一下："得了，抹啥眼泪蒿子？"

抹油嘴

吃一顿硬伙食，也就是炖了一锅酸菜猪肉粉条子，有人就满脸"油了光叽"的，看那腆着肚子、打着饱嗝、酒足饭饱的样子，人或问："哪儿抹油嘴去了？"多用说人蹭酒蹭肉，骗吃骗喝。

磨人

孩子闹人，提完这个要求，提那个要求。孩子妈累了，就说"你这孩子怎么尽磨人？"也叫"糗磨人""缠磨人""搓磨人"，也可只说一个"磨"字。

磨盘雷

雷声大大小小不间断，而且转着圈响。

木匠多了盖歪歪房子

七嘴八舌，谁的意见都觉得对，拿不准主意。所以又出来另一端：家有千口，主事一人。看来有民主，还得有集中。

也有说“路边的房子盖不成”，路人何止七嘴八舌？未来房主没主见，不能拿准主意，房子怎么能盖成？

木个张的

不会掩饰的人，内心尴尬在脸上的写实。不好意思，一种感受。“前个儿，哙哙几句。头晌一见面，还觉得木个张的。”脸上表情木，浑身的动作都木了。“你看他那木个张的样儿。”

第十三章

那疙瘩

那地方，那块儿。这词儿世界人都知道，是东北人的嗑儿。也被人拿着它，傻头傻脑，装土气。一拿东北人开涮，头一句就是它。

那不咋的

赞同。客人说话，主人赞赏、附和。客人说：“今年这雨下得天都打不开，要是不修那条排水大壕，睛等灌包吧。”主人说：“那不咋的，今年这庄稼，呼通呼通的。全靠大壕了。”

字面看，是那件事不咋的（否定），不赞同，但习惯上都理解是肯定、赞同。

应是“那”字后边省去一个“可”字。

那头留一子，到头心不死

妇女“走道”（改嫁），前房留下一个孩子，就是到老了，心里也还是挂念着，也不能死心塌地在后任丈夫家过日子。

母子连心。

那啥吧

这许多年舞台上小品吃香，东北嗑儿常被学说上几句，故意傻里傻气土头土脑，引起哄笑。所以，“嗯哪”“那疙瘩”“干啥”等几句，成了噱头，也“普及”了一下。把词语中透出来的心口如一、爽朗、诚朴、纯厚气质大为扭曲了一把。

其实，口头话还有不少。比如“那啥吧”这一句，常做开头话。是想说、一时不大好说时，冲口而出的开头的话。或局促，或从容，一句开头话，就自然流露出当时心境，对方呢，也是会听的，当即理解。

哪缸哪碴儿

缸破。咋打破的，怎么出来的碴儿，不清楚。借喻不知道事情缘由经过。“别问我，我不知道你们哪缸哪碴儿。”

哪有盆磕不着碗的

盆和碗，都是做饭吃饭天天用的，顿顿用的。特别小媳妇刷盆刷碗的时候，盆和碗磕头碰脸，擦擦刮刮，是“家常便饭”，算不得互相“找小脚，闹别扭”。

解劝人的金玉良言。在“一口锅里搅马勺”的邻居家人，别因为一点小小的事，就闹别扭。一点小抵触，像盆磕碗那样不可避免，计较个啥？细一想，那不咋的。若它们都计较，人连饭也难吃上；长相处的我们，老计较，谁的日子能过好？

贴切的比喻，有说服力。

“家常便饭”如日东出西落，平常事。平常，也最重要。

“找小脚”，眼睛盯着找人家小缺点小毛病，就是找口实，找别扭。

“一口锅里搅马勺”，一家人，或者常在一起过日子的亲近人。马勺，过去叫大勺，如今叫炒勺，有柄。

哪说哪了

我口一出，你耳一入，就算拉倒。有保密的意思。

哪打铧子哪住犁

犁头上的铧子折了、坏了，犁杖自然得停下来。有些豪气，也有些无奈。不像“小车不倒只管推”那样硬气。

哪块云彩有雨

不知道哪块云彩有雨。雨云，普通人很难一搭眼就看出来。

引申意思，不知将来谁能在病床前伺候，死后“发送”。多指老人说子女们。

哪 根 葱

“跑这儿‘装大瓣蒜’，你算哪根葱?”意思是别把自己当老大，你自己有几斤几两得掂量掂量。别把自己当盘菜。

东北农村苦春头子没菜吃，大葱蘸大酱下饭而已。算不得正经菜。

其实呢，大葱被冤枉了。严寒不死，滴水皆无，来年春天，扒开来看，你会惊奇。极短小的葱心，老绿如初，坚挺过于初时，一接地气，栽在土里，给几滴水就灿烂，急速生长。这种顽强生命力，也让人生几分敬意，何况它是常年菜，冬天哪家不存个百八十斤?就是有好菜的时候，乡亲也不忘来个小葱蘸酱调调味呢。

这样以葱比人，委屈了葱。

纳　事

一件平常事，一句日常话，一般人“不耳乎”，他却能记在心里某个角落。有意无意，对这些信息归纳排列分析，到时候就用上了。“那可是个纳事的人。”

纳底绳没打疙瘩——白走一趟

纳底绳，是用线麻，用“拨拉棰子”打成的。纳鞋底结实。纳底时开头如果没结疙瘩，一拉纳底绳拉出来了。这一趟绳子不就白走了？

像给老张家大小子保个媒，没承想，人家闺女找到婆家了。

拿不是当理说

不是，有错，无理。不但不认错，还硬拿错误当理说。比强词夺理更甚。自己的话对也对，不对也对。作家赵树理写过一个人物，就叫常有理。听这样人说话，你的心得气翻个儿。人有这样的也不怪，人若上百，形形色色。

拿一回当百回

偶然如此，却可能被大家当作一贯如此。所以，更应该防微杜渐。

家里孩子，偶然掰了邻居园田地里一穗青苞米。孩子爸觉得不是小事，强拉着孩子送回去，还道歉。邻居不好意思，说“青瓜裂枣谁见谁咬”，算个啥事，别难为孩子。孩子爸说：“大哥，咱两家远亲不如近邻，一穗青苞米你哪能怪罪孩子？这我心领。可是孩子养成坏毛病，可糟了，一辈子的事。再说，不知情的，会拿一回当百回的呀。”

拿着嘴巴让人打

有短处还夸口，或自己有短处还说人家，等于伸着嘴巴让人家打。

拿不成个儿

病得太重，身上感觉什么部位都不是自己的了，站不了坐不住，不成一个完整人了。

拿豆包不当干粮

看不起豆包，不拿它当成干粮。习惯使然，产生误判。不知不觉中，要误许多事。

还有人续了一句：“别拿村长不当干部。”有些诙谐，也别全当成诙谐。

还可以续一句，“别拿干部不当百姓”，或“别拿自个儿不当群众”。

拿 大 头

本来应该“平均粮米伙吃饭”，却拿某人大头，让他掏双份的。

拿谁不识数咋的

警告对方，要平等相待，把愚弄人的花招收起来。也含些许威胁。

拿腿就走

立刻就走。走得利落，无丝毫牵挂。

“那把事情说明白，我拿腿就走，拍拍屁股，连你一点尘星都不沾。”

也说“拍拍屁股就走”。

南京到北京，买的没有卖的精

买主，普天下，都没有卖主精明、会算计。绕来绕去，他得比你合适。

买主，有时候也是卖主；卖主，有时候就成为买主。

难受巴拉

打不起精神，干啥都“无心打场”（心不在焉），你说有病吧，还说不出啥病来，你说没病吧，一天丢魂似的。闹情绪？有什么思想负担？还是性格使然？他媳妇看着，也烦闷着急。妯娌们问：“你给小气儿受啦？老三咋的啦，霜打茄子似的？”媳妇说：“我就差没砍块板儿把他供起来了，还小气？咋没咋的，总难受巴拉，就那死样儿！”

耐　糗

本心对所处环境、圈子里的一些人十分不满，但又不具有决然离去的条件，只好忍耐。忍耐，忍耐。将就，将就。对付着继续下去吧。只因没有更好办法解决困境。

脑瓜顶一拍脚下冒灰

土透腔了，土到家了。

脑袋长疖子脚下流脓

坏透腔了，坏到家了。

脑瓜皮薄

胆小怕事，树叶落下来，怕砸破脑袋：“别说了别说了，我可不干，我可脑瓜皮薄，我怕‘粘包’。”“粘包”也叫“粘帘子”。

东北人冬夏都爱吃黏豆包。

大黄米、小黄米面发好，打进芸豆或小豆馅儿，放在笼屉屉布子上，下锅蒸。蒸大了，粘包，拿出来放在盖帘上保存，也要粘上。

一旦粘上，处理起来挺费事。

脑瓜崩儿

逗孩子玩，用手指在他额头上轻轻一弹。引申为办事力度太小。“不疼不痒说那么几句，弹脑瓜崩儿似的，能当啥？”

攮 搡 人

态度不端，不耐烦，以话顶人、噎人。

囊　喷

一年瓜果产量最高的时候。“红瓤子（香瓜一种）囊喷，稀烂贱，这时候不吃，等到腊月吃？”

尿　性

不服输，不服管，硬气，刚性。“那小子真尿性。”

放猪的小子们叫阵，都说：“有尿小子抻出来。”

“尿豪豪的”，程度上次于尿性。

“尿唧唧的”，是一边抹眼泪，一边坚持自己的意见。

“尿汤汤的”，更软些。

穿得不利落，裤裆拖拉地，人说：“你看你，这么大了，老这么尿汤汤的，不会利索点？”

尿泡尿浸死得了

做了“可耻”的事，自羞，或羞人。

“一泡尿就浸死得了”，说你这命太不值钱。

撵不上行市

总跟不上形势，差半拍。行市，是市场价格。人家涨落他总跟不上，买卖咋能做好？

蔫巴登的

性格有些内向，不大愿意说话，不怎么活跃。“总那样儿，你别看一天不拈声不拈语，干啥都蔫巴登的，可是，那心里才有数呢。”

不言语，不告别，悄悄离开。“连顿饭没吃，怎么蔫巴登地走了?”

鸟 悄 的

轻手轻脚，不出声。“病人刚睡，你可鸟悄的。”

捏着鼻子

本心不愿，却在各种压力下不得不去做。“嗨，别提了，那是我捏着鼻子答应的呀。”

拧 颈

强迫着人改正错误。“那一身臭毛病，我硬拧着颈儿，算给他板过来了。”

拧 三 节

孩子缠着大人，在大人怀里哼叽着，扭来扭去。“哎呀这孩子，咋像个拧三节似的?”

姑娘媳妇，为了显身材，亮风情，走路扭来扭去，成了三节腰儿，老人们看不惯。“好好走不行? 拧三节似的。”

拧 腚 子

不稳，走起来屁股一拧一拧的。也说桌子腿不正道，拧拧着。

拧劲子

你觉得天经地义顺理成章，他总能找出理由拧着劲干，让人觉得跟他处事太难。天生不讲理似的。

宁省囤尖不省囤底

旧时生活艰难，提倡节省，憎恶浪费，甚至提高到成由勤俭败由奢的高度了。二十世纪五六十年代，以勤俭为荣。全社会都知道，贪污和浪费是极大犯罪。

那这里的“不省囤底”，啥意思？

囤尖，必然是粮食刚打下来，相对充裕，节省大有条件，坚持省下去，囤底想露，都露不出来，可以充裕接续上新粮。到了囤底才讲省，青黄不接，不是马后炮了吗？既然见底，没几粒了，省能省出多少来？说到底，是让人讲方法省，更好地省。

念　　秧

有话不正面说，自己叨叨咕咕地说，其实是给对方听。有时话里夹枪带棒，敲打人。话里有话。

念三七

有话不正面说，念叨难听的或人家短处隐私敲打，以图痛快或达到要挟目的。也叫“三七疙瘩话儿”“攮怂嗑儿”。“攮怂嗑儿”，说风凉话，也有抱怨的意思。

能请神不能送神

年五更要请财神，破五（大年初五）要送财神。财神不送走多好，然而，神有各路，一旦别的神挑眼，抱不平不请自到，你可不就自找麻烦？

东北，满族旧地，“跳萨满”也要请神，黄仙（黄皮子）、狐仙（狐狸），还有艳魂（漂亮女鬼，往往是屈死的），能请他们各路神仙来了，却不会送走，在屋里安营扎寨，谁受得了？

借喻能惹事，没本事平息事端。

还借喻用人可要先看准，不然，需要打发的时候，就难了。既有请神法术，就应有送神咒语。不然，神可要掂量着请。

黏黏糊糊

“黏糊头子粥”，就是这种状态。

软磨硬泡，黏住不放，像“糖稀”，拿又拿不起，甩又甩不掉。

睡得很香，一般指小孩子。“哎哟，这小样儿，睡得黏黏糊糊。醒醒，吃咂咂（奶）喽。”

黏了呼吃

大片东西很黏。借喻趋奉阿谀者形态音调表情，他苍蝇一般围着转。

鲇鱼找鲇鱼，嘎鱼找嘎鱼

人以群分，什么人找什么人。这么说，都是指不咋的的人凑乎在一块儿。

嘎鱼，嘎牙子鱼。

还有鱼找鱼，虾找虾，乌龟找王八，同样意思。

扭头别棒

迎面走过来，没等见面，先把头大大扭过去，就是不愿碰面不愿打招呼，没有呸地朝土路旁庄稼地里吐一口，就算有涵养了。就如同本来肩膀挨肩膀的，这时候别进来一个棒子，你说能好不能好？谁也没抱谁孩子下井吧？乡里乡亲几辈子，这是何苦？

第十四章

沤

浸泡，使之变化。

地头地脑，会过日子的乡亲，都要种上一点点线麻。线麻青棵子散发强烈刺鼻的味儿。闲散的牛马猪羊，想进去捋一口庄稼，一闻到味，赶快离得远远的，躲之唯恐不及。再说，麻籽可榨麻油，很香，但吃后有一点头晕。线麻纤维结实，绳套离不开它，这是大用处。

线麻收割后，要打捆，放进泡子里浸泡一段时间，晾干后，才能从麻秆上扒下来。麻秆也不扔，点上火，慢慢燃烧，可以用来点烟锅儿，省下了火柴。

浸泡这段时间，就叫“沤麻”。

这一生活事实，给乡亲提供一个新词义。

“别老这么沤着了，痛快点走吧。”

不说长不说短，不说行也不说不行，久拖不决，叫“沤”。

怄　气

有意见，淤积心中，不吃不喝，或蒙头大睡。他妈会说：“这是跟谁怄气呀，快起来吃点饭吧。”

他爹倔，“捋点须子”（知道一点线索），知是谈对象，彩礼要得太多，怕家里不同意。

就说：“闹圈呢！”

原来，家畜一发情，就在圈里作闹。

炬

农村大户人家，弟兄多，结婚呢，大筒子屋间壁开，各居其室。但一铺大炕是连着的，十几丈长，靠厨房做饭火，炕头滚热，炕梢冰凉。

咋办？各间屋的炕墙子，开一个灶坑，叫“闷灶子”。冬天下半晌，就从场院，挑一挑筐“豆搁挠”，攮到里头，点着，叫“炬闷灶子”，也叫“攮搁挠”。搁挠要塞得紧密，这样火燃烧慢，通宵不熄。

种地的养牛马，攒一冬天的粪成了四方粪堆。大年一过，就在中间抠个坑，点着慢火，叫“炬粪”，去生性气，发酵，肥力大，不烧庄稼。屯子里前后必有几处青烟缕缕，令无地可种的人好生羡慕。

第十五章

趴　　架

房子等太久远，塌架了。

人太累，说“今儿个可累趴架了”。

趴趴搭搭

很低，圆面包形状。像一个地堡。

扒拉棵子

秋白菜没长好，不抱心，叶子往四周疯长，像萝卜缨子贴在垄台上。有些灌木顶枝，不怎么长，尽长旁枝，也叫扒拉棵子。

拍 花 的

拐骗儿童的。发生在小城镇的比较多。“可别走远了，看拍花的，把你拍去。”常听到孩子母亲们这样嘱咐孩子。当时小，感到有点神秘、害怕。说是有人往你头上一拍，你就啥也不明白了，跟着人家“出达出达”往前走，再也回不去家了。

跑 腿 子

孤身一人，常常是无家可归的外来户。

跑腿子窝棚

窝棚，简易矮小茅屋。几个无家的男人凑在一起，顶个窝棚过日子。也有一家，爹领几个儿子过活，虽家屋尚可，并非窝棚，没女人，却也被叫“跑腿子窝棚”。

跑 骚

牲畜发情期，闹圈，一旦放出去就到处跑。

骂人出去无目的地走。也说脚野。敲打那出去偷会情人的，就用这个嗑儿。

跑马占荒

松辽平原，膏腴之地。清朝进关之前，绝大部分未曾垦殖。进关后，山海关大门咣当一声关上了，要保护“龙兴之地”，还有人参珍珠貂皮利益与原住少数民族利益。后来，挡不住流民，还修过柳条边。

到了清末，朝廷开支、军费无法筹措，迟迟疑疑，放放收收。最后才卖大荒片，给关里或辽宁来的有些积蓄的农民。一八六一年后，陆续发卖，六百六十文一垧。过三年熟地课税，交大租。

跑马占荒，还有说开荒占草的。只是说荒原片量大，不是说跑一圈马，荒地就是你的。天上哪有现成馅饼，地上绝无免费午餐。荒莽原野，“棒打獐子瓢舀鱼，野鸡飞到饭锅里”。一牛一犁，两三代奋斗，垦成良田，也锻造出充满豪气与期望的汉子。没有百折不回的拓荒牛精神，难以坚持到底。可见，拓荒牛精神，是在“熊市”窘境中造就的。

是他们，创造温饱同时，丰富了东北嗑儿。

胖　　揍

狠打。用胖来形容狠。

皮了嘎叽

说不说他，他都不在意，不听也不改。

屁了嘎叽

好开玩笑，幽默。乐观，不把生活看得很沉重。

皮裤换棉裤

皮裤换棉裤，铁定有缘故，不是棉裤薄，就是皮裤秃。揭示了一个实物交易的规律，也道出了一般经商者心态。东北人，能格物。

屁 股 沉

坐哪儿就不愿动。唠起来就“扯肠曳肚”没完没了。

屁呲溜星的

乐观，和善，但诙谐，极好开玩笑。常被认为没正经的。玩笑不择场合对象。“那小子屁呲溜星的，能管丈母娘叫大嫂。”

批儿片儿的

住屋里放置物品毫无秩序。家里来了客人，主妇会自谦，说：“你看，这屋里还没收拾呢，批儿片儿的。”

撇　　子

人，有左撇子，有右撇子。

不太准确的方位，有这一撇子，那一撇子。也就是这一片那一片。

被抽一耳光，也说被打一撇子。“冤不冤，不知咋回事呢，先挨小鬼子一撇子！”

平摊粮米伙吃饭

说AA制也不错。但总觉得比这两个“尖子”还多不少亲情温情。有东北汉子大气豪气，不斤斤计较。

铺排大身

形容女人壮实、高大。旧社会说媳妇，公婆愿意讨铺排大身的儿媳妇。不闹病，能劳动，主要是能多生，生健康孩子。叫“宜子相”。

破罐子熬过柏木筲

有时候破罐子比柏木筲还扛用。常用于说赖了吧唧病病怏怏的，比壮得像头牛一样的人还能活。依我看，这只是个特殊现象，让一些人抓住，给一些身体好的人壮胆打气。

捧 臭 脚

擢眉折腰，满脸谗笑，拿肉麻当甜蜜，矮半个身子围人家转，叫捧臭脚。

形象。把人家臭脚丫子当香饽饽捧在手上。

用一“捧”字，使臭脚接近捧者鼻子。即便坐太师椅的主儿，脚也离不开地，那捧者非跪即蹲，仰着不管真笑假笑的脸看人。潜台词是，老爷，今儿个这脚这么香。形象又辛辣。

三个字，虽粗糙一点，却可顶替多少成语文辞。一针见血。

也叫“拍马屁”“溜须”“马屁精”“舔腚的”。

孔子说，巧言令色，鲜矣仁。

偏 坠

不平衡，不对称。如挑东西，一头沉一头轻，就叫偏坠。

盆朝天碗朝地

屋里、外屋（兼厨房）太不利落。盆不盖上，碗还扣着。可以看出这家里的女人不咋要强，不爱劳动。或是有了什么特殊情况。

碰到眼皮上

看到了，躲不过去了。

“不碰到眼皮上我是不管的。”

扑 蚂 蚱

晚上走路，深一脚浅一脚，像捕捉蚂蚱。多半为中老年人，平衡功能渐渐弱化所致。

破 家 家

发疯一般吵闹，泼妇一样。

“这媳妇谁家的，又哭又叫，撒泼打滚，破家家的。”

想要把家闹破了吗？

破家值万贯

家虽破破乱乱，可是都是过日子缺不得的，别人看不上眼，自己却觉得万贯不卖。

破马张飞的

又骂又吵，头发蓬乱，舞舞扎扎，乱跑乱跳。惹不起的女人吵架，形象如此。

第十六章

欠　缝

有可能。一块大石头，撬欠缝了。

办事漏些口风，有可能应许，也没完全应许。

欠儿灯

好显摆，好抢先。心快眼快嘴快手脚快，什么事儿什么场合都想表现一下自我。

快嘴快舌快手快腿，勤快吧？可是勤快得不是地方。不该他说的他抢先说，不该他干的他抢先干，有的往往只是显摆自己。“颁尖卖快”。用改革以前的一句常用语来解释吧，就是假积极。

但也有人不是为显摆，而是出于热心肠，反而被人误解。说他欠儿灯，岂不打击了他的优点了？也说明自己判断有误，若不然就是总习惯戴有色眼镜看人，自觉不自觉专找负面东西。

穷呛呛

七嘴八舌，莫衷一是。这里的穷，是瞎、乱、胡、白等字的意思。意义稍有变动，比如白呛呛，是白浪费唾沫星子，一点用也没有。呛呛，抢着说话，七嘴八舌。

“来来，咱们呛呛呛呛（分两个字一段来读。第二、四字发轻音）。”也就是要大家各抒己见，商量个办法。几个人的关系不错的，或当头的说话人，用这句话暗示大家关系不错，还得是非正式场合。

“瞎呛呛一气。”是群居终日言不及义，没呛呛出头绪来。

穷 哜 哜

哜哜，拌嘴。穷，烦心事多，才哜哜。

穷 臧 臧

狗吠，主人斥责：“别臧臧！”

指责乱吵乱说的，为“穷臧臧”，暗含说他们像狗一样瞎叫唤。

穷搬家，富挪坟

穷搬家，还理解，租房子住，又难按期交房租，不搬家，房东留他吗？

富挪坟，不好理解。既然发财，按习惯说法，是因为祖坟冒青烟，有风水。那上坟烧香叩谢祖宗保佑，叩谢这块宝地有风水，还来不及呢，为何还要迁坟？再想想，开窍了。人心不足蛇吞象，水涨船高，这块茔地力气已经用尽了，理所当然，发大财要有更好的坟茔。要寻上上的，就这么的，于是拍板。

穷养猪富读书

穷人养猪将来日子殷实，奋斗下去一些人就变富裕了。富人读书，可以保持门庭兴旺，后继有人。

那时候只有读书，考上举人进士才能做官，学而优则仕。做官不仅光宗耀祖，还有实际利益。于是，“诗书继世长”啊。

亲戚远来香

亲戚们居住离得近，来往方便，接触多，事也就多了。哪有盆磕不着碗的？纠纷、不愉快也就来了，容易“臭”（与香对立）。离得远，日常磕碰不着，互相惦念，八辈子老故亲啊，自然就“香”。

七十有个妈八十有个家

妈是唯一。家无可替代。妈和家，是亲情神泉。所以即便耄耋之年，也还抱这样心情。

我住省文联家属楼，有一位老邻居。八十几岁，老家山东有老母一百零三岁。每年过年，都要带老伴儿孙“回家”。那是他一年之内，最盼望的时刻。眼里脸上，孩童一样表情一闪一现。让没妈的羡慕，也有些隐痛在内心涌动。

七拧八挣

用七个往这边拧、八个往那边挣，表达不团结、不一心的意思。现在说“尿不一个壶里去”，虽形象，却有欠干净。

七裂八瓣

裂缝太多，跟“四分五裂”同义。裂七道缝，是八瓣，四道缝，五瓣。

一个挺好的西瓜，没抱住，嗵，掉地上。中国的十六国时代，以及一个大家庭儿老股，几小股“另立灶户门儿”，都能用上这词儿。

明归有光《项脊轩志》，常读。“迨诸父异爨，内外多置小门墙，往往而是。东犬西吠，客逾庖而宴，鸡栖于厅。庭中始为篱，已为墙，凡再变矣。”如此精短动情文章，不惜用四十一个字，写分家。痛心疾首啊。

七月十五定旱涝，八月十五定收成

农历七月十五以后，雨季将过去，庄稼也不怎么长了，旱就旱，涝就涝了。以后一个月，光照起作用，好阳光，高粱晒红米，使颗粒饱满。阳光不足，瞎粮食（瘪子）多。过仲秋，光照再好，也不起作用了。

还记得一条农谚：不怕五月旱，六月下雨吃饱饭。五月六月，也是指农历。吃饱饭，虽不可能仓满流，但是可以吃饱了。也说能“护过心口窝来”。

由此可见，那时农家，只以吃饱为目标。先人们受苦，比我们多呀。

起 刺 儿

没事找事，故意挑事。鸡蛋里挑骨头。几个好起刺儿的聚在一起，就要“鼓包”，唯恐天下不乱，要闹什么风波。也叫“起哈子”。反过来看，这也会成为压制正确合理意见的借口。分水岭在于，意见对谁有利，合不合规，守不守法。

起 哈 子

起哈子，本来是一层的物体，由于受热受潮，变成两层之谓。借用到生活中，一个小集体里，有人对说了算的人物有意见，渐渐公开化。以致故意捣乱、寻衅，往往还迷惑收买一些人，拉圈子，与说了算的人分庭抗礼。说了算的人比较鲁莽，会说：“咋的，要起哈子呀？先掂量掂量你有多大分量再说。”这说法，也往往会压制了正确意见，不分青红皂白贴标签，扣帽子。

起暴天儿

夏日，响晴的天，骤然暴热袭来，西北上浓厚黑云不知从哪儿冒出来，张牙舞爪膨胀翻滚，老人就喊家里人，把外边晒着的棉衣拿进来，纸窗快关严：“起暴天了！”话音刚落，炸雷响起，暴风吹得秫秸障子（篱笆）直晃悠，大雨点子打得门前土道直蹦灰。

起　腻

作物的叶子上，有了密密麻麻的小虫子，称起腻虫。形容一些不大受人待见的人，总在一起待着，干不出正经事。“一天总起腻，不往好草赶。”

戚　戚

孩子依恋，总黏着母亲。母亲走，拉着手；母亲坐，上膝头，小脸常常使劲贴在妈胳膊上。妈说：“宝儿，看你都起热痱子了，一头的汗，快别粘毛粘似的戚戚着了。”说着，手还摩挲孩子的汗头，又往里抱了一抱。妈先想到的是孩子太热，忘了自己更热。

气我个跟头

暴躁人易生气。气大发了，不但有要倒下的感觉，头脑胸膛也有要爆裂感。有修养有城府的人，极少这样生气。

也说“气我个倒仰”“气死我了”。

往往是被气以后，对别人说的，倾诉一下，缓解堵塞的心情。

前腔贴后腔

饿的。不但胃里空空，连肝花五脏都成一张纸厚了，致使肚皮贴到脊梁上了。那时候乡亲们会糠菜半年粮，早晚喝一粒跟一粒跑的稀粥。有这份体验，所以形容到位，会夸张。

前脚后脚

两个人，一个刚从这里走，后一个就到了。偏后一个要找前一个，这里的人就说："你俩脚跟脚，他前脚走，后脚你就到了。"

"脚跟脚"，实际是说人，走道的人，跟着前边的人走。偏不说人，说人赖以走路的脚。到位，新颖。

牵着不走打着倒退

说这人像条倔驴，不知好歹，软硬都不吃。

呛肺管子

话不投机，一句说到对方最忌讳、最不愿听的痛点上，按错了穴位。揭伤疤一般的话，就惹得对方暴跳如雷。说话的人，莫名其妙。朋友悄声告诉他："你呛人家肺管子了!"俗话说，"打人别打脸，骂人别揭短"。是说要留有余地，别呛人肺管子，让人喘不上气，一口把人憋回去。

呛

放开吃。酸菜炖粉条子，炒鸡蛋片肘花，还有肉丝炒豆芽，三五个年轻庄稼把式围坐，开始还有些拘谨，一个大家称哥的，抄起筷子，在桌面上啪的一声蹾齐，点着菜说：“菜是嘴吃的，不是眼珠子吃的，伸筷子，呛！”随即有人说：“对呀呛呛！”于是，风卷残云。

后来有了演变，叫“造”。

熏。客人：“炕不顺风，不好烧吧？这股子炕洞子烟味，真呛人。”

沁沁个头

抻抻着脖子低着个头，叫“头沁沁着”。

不开心，有心事，或者谋划未定。

秋纽子

纽子，联结衣襟的纽襻、疙瘩。

瓜类果实初结之名称。

秋天最后结的果实，叫秋纽子。

但移用于中年夫妇的最后一个孩子，言语中充满爱怜，也有风雨心酸。

秋傻子

秋天，雨慢悠悠，不大不小，没雷没闪，就那么傻傻地“蔫了吧唧”地“一个劲儿地”下。耽误秋收，让人心烦。就觉得，这雨，你傻呀？没用的时候，咋下起来没完没了？春天等你盼你，你干啥去了？

好雨知时节，当春乃发生，随风潜入夜，润物细无声。这才是聪明的雨呀。

你说，同样是雨，却不可同日而语，可发一叹。

巧使唤人

人被巧使唤了。

若是被巧招迷惑，多半是中招了。

凡弄巧的，心思重，有所图，把人家随意耍。被巧使唤的，一旦捅破这层窗户纸，那弄巧的，成拙之时就如期而至，哪里会差大格呢。

去了抓的没打的

形容个头太小。意思同于“一把抓起来两头不带出梢的”。

去了个柳木，来了个朽木

柳木，很软，做不成什么器具，不顶用。再找硬点的吧，还是块朽木，更是不顶用。

去了一个不顶用的，来了一个更不顶用的。

劝皮劝不了瓤

劝人，多为让被劝的人改变某种按常理衡量不对头的言行。真想劝人者，无不满怀爱人之心、怜才之意。苦口婆心啊。但被我的老乡们认为，多数是“劝皮劝不了瓤”。

皮是表面，瓤是内心。

全靠人架着

自己挺不起来，必须别人扶持当后台。

架着，是两人两边各托一只胳膊。一松手，被架者就要倒下。

戏台上孬种熊包县太爷，就是上边京城里有根子，下边有一个阴险师爷。不然一天也当不下去。应了全靠人架着这句话了。

全 科 人

与鳏寡孤独截然相反，父母双全，子女健全，甚至七大姑八大姨也一位不缺，这就叫全科人，历来为人所钦慕。她要出席哪家婚礼，那婚礼都格外喜庆。为什么？命好啊。星星跟着月亮走，沾光啊。

蜷着舌头说话

明知不是正理，硬是护短狡辩开脱。拿着不是当理说。为何舌头蜷着，原是心眼昧着。

怯　　手

打个孩子也下不去手。抓一只麻雀也不敢伸手，更不要说让她杀鸡宰鹅了。

都只为，心太软。

瘸子打围坐山喊

打围猎，很多人把一片藏有野兽的山场围起来，逐渐收拢包围圈，聚而歼之。清代前期以围猎锻炼尚武精神，在东北圈了不少围场，在热河还建有行宫。也叫木兰，满语围场。

腿有残疾的人，遇到这种情况，只能坐在那里喊着往东往西。

这是说人光动嘴不动手。

口到，手不到。

扩充意思为干说不做。喊得比谁都欢，躲得比谁都远。

第十七章

绕　划

在周围转悠，可能有事，要开口又难开口。“别老绕划了，迷糊。”

设圈套算计别人。“你行，把我绕划进来了。”

话不直接说，绕圈子，慢慢引人入套。

人老猫腰，树老焦梢

猫腰，弯腰。焦梢，梢头焦枯。生命规律。

人怕见面，树怕扒皮

人与人之间，矛盾经常发生。解决办法，最好是见面掏心。一见面，所有有利于解决问题的因素就都调动起来，可以减少许多干扰误解，何况中国人还都重面子呢。

这个比喻，有些“瘸腿”。

人见面，问题可以解决，事情活了。说怕，是双方都提防对方，或都怕先开口。而树呢，理应怕扒皮，一扒皮就枯萎，没有生命了。

在一个“怕”字上，找了共同点而已。

人作有祸，天作有雨

作，闹。天作，在过去，科技国力都不行，难以预防救济，不是祸又是什么？用此比喻人作，也有祸。人作就是脱离常规，不按常理出牌。尽是歪理邪说。挑事闹事，耍挟耍赖。这样人不把自己闹出点祸事来，才算怪呢。

人嘴两扇皮

今儿个这么说，明儿个那么说。甚至早上这么说，晚上那么说。这么说，那么说，还每说都有理。

但我们明明知道，那是嘴上有理，心里没底，心里没理。

心口不一，日子难过。

人不亲土亲

互不相识，并无亲缘，一听口音，心里立刻有亲切之感。

从县城到省城，如此。从省城到京城，如此。从华夏到域外，更是如此。

土亲，人亦亲。

日头爷

关东自然条件，相对关里要逊一筹。靠天吃饭嘛，格外敬畏太阳。“日头爷”叫得多亲切，敬畏爱戴，都称为爷。比如，天老爷、财神爷、灶王爷。

日影上墙，小孩找娘

农村妇女，顶劳力下地干活的不少。日出而作，日落而息。孩子在家，只能跟爷爷奶奶。但心里何时能忘却母亲？到了太阳偏西，一抹柔和温煦的光亮照在屋里东墙上，孩子忍不住，要说："我妈咋还不回来？"老人们就哄："八成儿这根垄没铲到头，到头就回来了。"

母亲回来，先抱起孩子亲脸蛋。孩子问："那根垄铲到头了吧？"

肉

慢腾腾，"肉筋筋"，喊他三声不答应一声。

也说"肉头筋""肉了吧唧"。

肉　头

食物松软可口。"这小米饭咋捞的，这么肉头。"

肉臭不往外扔

家里问题家里解决，不要扩散。骨肉亲情啊。扩散了，对一个家庭都没有好处。

解决问题要留心范围。当然，要与护短区分开。要不怎么成语中有"大义灭亲"一条呢。

肉臭了不扔，反映那时候老百姓生活水平太低。但臭了不扔，早晚是病。

肉落千人口，吃亏一人担

给大家办事，都得了益处，自己反而被指控。与“爆豆大伙吃，炸锅一个人的事”一个意思。

惹 剌 子

惹上事了，惹了祸了，碰到“茬子”（比如锋利如刀的高粱茬）上了。

认落一村，不落一人

邻看邻，户看户。有普惠好事，一个村落下，没人伸头去问，也就拉倒。如果一个村家家都得到益处，唯独一家没份，这家性格再好，肺也要气炸了，怎么能忍也要找上去理论理论。大家都倾向公平，这种情形下，心里大不平衡。

热忽剌的

心里感动又尴尬，脸上表情木个张的。

离别时的心情。

第十八章

煞　　茬

割地，能压住茬口，一镰刀搂过去，垄台直忽闪。一脚踩下去，得一个清清楚楚的脚窝儿。铺子摆得整齐，须打捆的，要子眨眼拧上了，捆完了，干净利落。干活儿是把好手，人人服气，说话大伙都听。借用到办事上，敢说敢做，谁不服气他有办法化解，不徇私情，一视同仁。农民佩服这样的管事人，评价就两个字："煞茬!"虽只是个农民，却有魄力，有章程，有号召力。

啥 前 儿

啥时候。

"这都啥前儿了，还不舍得回家，还看得清吗？不怕把苗当草铲下去?"

杀猪不烫，蔫褪（退）

杀猪要吹起来，浇开水烫，毛才好褪。不浇烫，就得叫蔫褪了。

蔫褪与蔫退，同音。

蔫退，不声不响，溜走了。

赛　脸

孩子人来疯，越制止越厉害。孩子和母亲撒娇，也是越说越上前扑面。母亲有些烦了，就说："你这孩子，咋这么赛脸哪!"孩子有些发讪，人像被浇了一盆冷水，心里留下一抹阴影。

赛脸的孩子，多活泼热情开朗，好开玩笑，比较聪慧。

也有得寸进尺的意思。不管面子上过得去过不去。比赛谁的脸大，这个主儿能拿好名次。

烧香引鬼

鬼只能打不能敬。一烧香，鬼们认为你软弱，立刻欺负到门上来。

还一种情况，本来知道他能跳能闹，是害群之马，却"豆腐掉灰堆，吹吹不得，打打不得"。无奈之举，取绥靖政策，就得"明知是鬼，得当神供着"。

烧火棍一头热

锅灶烧柴火，家家都有个烧火棍，也就是个截好的小树杈子。有杈子这头热得要燃烧，手握着的这头一点感觉不到热。

借喻一头积极主动，另一头不动声色，毫不主动。

有也说"剃头挑子一头热"的。早年走街串巷理发匠都挑一挑子，有一头生炭火烧热水。

傻狗撵飞禽

天上飞只鸟，狗看着了，就去撵。哪里撵得到？累得张口喘气，伸个长舌头，干看着鸟飞走的身影。

做不到的事情，硬要做，白费力气，有亲近的人就说：“拉倒吧，那不是傻狗撵飞禽吗？”

傻老婆等茶汉子

茶，就是傻。傻子等傻子，往往发生因不灵活而产生的误解与差错。“不来，你倒是早点告诉我一声啊，我这还高高盼着呢，我这不是傻老婆等茶汉子吗？”

沙格楞的

“快点快点，沙格楞的。”

沙楞，即洒脱，快，敏捷。

三天不来两天早早的

来得太勤。好像应为“两天不来三天早早的”。但都约定俗成错说正用了。

三穷三富过到老

不以一时穷富论高低。穷富都可以改变。经验中得来，安慰自己，也劝别人。

三天不打上房揭瓦

旧社会男尊女卑，尤其对媳妇，主张“打到的媳妇揉到的面”，要武力管制。理由是三天不打上房揭瓦。揭瓦，就是什么窟窿都能捅。不打不老实的意思。

三青两黄

三天说是成，两天又说黄了。成与不成，翻来覆去。

重点在“黄”字。用青衬托黄。黄，没成。“那门亲事，起初三青两黄，后来到底黄了。”

三七疙（gā）瘩话儿

讽刺、冤损、挖苦的话，偏要用旁敲侧击的刻薄法来说。三七呢，我理解是三分由头（看似正面的），七分怨毒发泄。疙瘩是不顺溜。明明是敲打你，你要反驳吧，人家会说，我也没说你，你心惊啥呀。你心惊，就心里有鬼。你愿意承认，那就是说你了！让你“哑巴吃黄连，有苦说不出”。

比如说甲借小姨子的光，办成了一件美事，很令乙嫉妒。

丙问乙：“你不是也该转正了，怎么名额没你？”

乙斜一眼甲，对丙说：“条件不够。”

“咋不够？”

“没有漂亮小姨子啊。”

甲就是气得干尬巴嘴，脸憋得通红，也说不出有力的回击话来。

还有一句叫“念三七”，语气内涵比上边例句和缓些。

三圆四不扁

圆不圆，扁不扁。说它圆，只是三分；说它扁，也只有六分。这个形状，难以名状。也算特殊，特意去造，还真费周折。现在好了，有 3D 打印。

三九四九，打骂不走

冬腊月，东北最冷时候，往空中猛力泼一瓢开水，落到地上，是洁白细碎的雪粒子。用打骂不走来形容冷，很到位，有情趣。

三岁看老

不能太绝对，但从天然素质上，可以看出一些趋向。不应因此忽视后天教育培养。

上 夹 板

夹板，马拉套的器具。两岁多，就不能让它随意玩，跟着车在后边撒欢了，得戴上夹板，学习拉套。老乡认为，孩子上学，就像小马一样，戴上夹板，得多多加管。

捎　　带

不是主要目标，顺便、顺路解决的人或事。

是“搂草打兔子，一过二手”。

舍　　手

使顺手的工具，借给人家了。此时恰好用到，伸手去拿，拿不到，就觉得舍手。

虱子多了不咬，饥荒多了不愁

不是不咬，是咬得多，感觉麻木；不是不愁，是愁不过来。

饥荒，欠债。

十 不 全

过去在庙里，不显眼的旮旯犄角，塑一个小泥像，胳膊腿都弯，佝偻身子，说是有十种病或残缺，叫“十不全”。

四月十八上庙会，“齁巴”的，老慢支，送咸菜疙瘩，挂它身上，意思是把自己的病给它，自己就好了。腰疼的，要在十不全相应部位（腰），贴一贴狗皮膏药。有其他病的，也要送这送那给它，反正都是象征病的物件。它还乐呵呵地承受着，好像它以百病为食。

看来，十不全是位好神（庙里哪有不是神的），为别人解除痛苦，自己承受着。好比人生路上，满负荷上山，你背不动，它替你背。

不像别的神，装腔作势，大咧咧高处一坐，眼睛望着云端，有香烟萦绕，有捐款银子叮咚悦耳。祈求者叩头唯恐不到位不真诚。难以启齿的欲望，向尊神耳边细语倾诉。碰巧，谁病好了，谁心想事成，谁的祈求得到了暂时满足，过三过五，还来用三牲还愿，重塑金身，以求今后更多赐予。

指自己病痛太多，无可奈何自嘲：“我成十不全了。”

十里地没准信

大荒片，十里地不算远。为啥没准信？因为口口相传会走样儿。

十个头的

乡亲们不大懂百分比，却懂十分比。十分好就是最好。“张大哥那待我，那可是十个头的。”

十层单不如一层棉

单衣服左一层右一层，穿得再多，也不如一层棉衣保暖抗风防冻。

东北老乡体验谈。

十响一咕咚

鞭炮一种。每十声一般的响，就有咕咚一声大响。

看来，设计者懂得节律对人情绪有极大调节作用。小溪平静缓流与石激浪跳，会给人截然不同的感受。

石头十年也焐热了

只要给以真心和温暖，坚持下去，没有感化不了的人。

以冷石焐热，比喻冷人也能被感化热了。

石坷里蹦的

不是父母生的，不是人养的，是石头缝里蹦出来的。据说孙悟空就是。多用于批评人没亲情，不孝敬父母，忘记自己从哪儿来的。

四　　至

“至”字发轻音，意思圆满周到。叠词多为夸赞女红。安排事情，滴水不漏，各方都满意。

“至”字发音重些，是指边框四至。过去土地官家发有大照，上边写明位置，东南西北达到哪里，叫四至。

四棱子木头没从圆眼子钻过

“小生荒子”，没经过锻炼。方材是锯的，要把它变成圆柱，还要经过一道旋的工序。这才算从圆眼子钻过来了，才算成材。

四六儿不上线

说话不讲理，捣蛋，调皮，捣嘎子。不够材料，不堪造就。

四角上线是方材，六角上线是六边形柱子，长亭短亭，用得上。不论是四角还是六角全都不上线，那就是废料。

见线，见到直线。中国木匠师傅，有悬锤测量直线器具。

四眼儿齐

什么条件全具备。

“不能等啥啥都四眼儿齐再张罗。”

也含有“四脚落地”的意思。

四六儿不懂

啥也不懂。

四和六哪个多哪个少都弄不清。

晒　　台

不捧场，相反要冷他的场，躲得远远的，看主办者的好瞧儿。比拆台好不到哪里去。办这事儿，多半是有心计的、嫉妒人的、心胸逼窄的人。过后很可能真心一般，遮掩解释一番。

说你胖你还喘上了

胖人易喘。不胖的人，人家说胖，他为了证实自己胖，先喘上了。旧时，认为胖是发福的表现，是好事。

说 得 出

出名的有影响的人物，别人评论会说：“那说得出。”

“说得出，做得到”：放了狠话，接着来的就是狠事。

“说得到，做得到”：言必行，行必果。

说初一就初一，说十五就十五

没一定规律，一会儿提倡这个，一会儿提倡那个，说咋的就咋的。

任性，矫情。

还有些指鹿为马的霸凌气在内。

“说咋的就咋的”，任性主观。

说大话使小钱

应许时，有骆驼不说驴；兑现时，骆驼变成了一条骆驼尾巴。

酥了骨了

耗子见了猫，动弹不得，骨头都酥了。

“那让媳妇拿的，怕怕的，那边一‘嚎唠儿’（气急败坏的一声变声的喊叫），这边骨头酥了。”

到哪个屯子，都可能听到厉害婆婆这样说儿子怕媳妇。

水裆尿裤

吓尿裤子的样子，很狼狈。说人不顶对，常用此语。

不善表达，话说不明白。

事情办得太差。

水了巴叉

饭菜没滋味。这是啥席呀，水了巴叉。

活儿没干好。

成绩上不去。

水多泡倒墙

不利因素不及时解决，积累太多，一件好事物也就要被毁。

甩剂子

因耍脾气而扔下该做的事情和工作。说话差声儿，小脸变红，转身踢开门，倔搭一下子走了。这边说了：“呀哈，还甩上剂子了？谁怕谁呀！”

筛　糠

恐惧，哆嗦。

一个动作，使一种精神状态形象化。

撒泡尿照照

让人有点自知之明。

“哥们，就你那小样儿的，也不撒泡尿照照，人家能相中你？”

也有说“搬块豆饼照照”的。

塞牙缝

食物太少，说“那点玩意儿，还不够塞牙缝的”。

省着省着，窟窿等着

平时节省，想不到忽然来了事，要花大钱。

一种无奈，有一点宿命论。

然而，可劲造，挥金如土，那窟窿就不等着吗？省了，起码来了窟窿还可以有堵的实力，不然，那可是要“抓瞎”（措手不及）了。

省着柴火睡凉炕，省了盐酸了酱

有能节省的，有不该节省的。睡凉炕要坐病。盐省了，酱却坏了，因小失大。

旧时农村要自家做大酱。秋天，黄豆蒸了做成长方块子，裹以高丽纸，吊在棚上发酵。第二年春天，掰碎下缸，经夏天烈日暴晒，天天打耙，才能成为好酱。不独一年全家多要靠它下饭，巧妇还用来腌黄瓜酱肘子，改善家里生活，或来人去客用用。

谁家大酱腌得好，直接关系主妇声名。标志着这家是不是过日子的人。所以盐用少了，酱就酸，那确实不是一件小事。

是根草也顶个露水珠

自强，担当。不因自己条件不好，放弃努力。

力量再单薄，单薄到一棵无名小草的份儿上，也要尽到一切力量，把那颗重重的露水珠顶起来，那是应该自己做的。这种精神，身旁那棵树，也要低头向它致敬。

生就的骨头长就的肉

定型了，很难改造。

这样的话，多是说不争气的人。

牲　性

打架骂人，不通道理，没有教养，缺乏礼貌。

烧　　包

钱在腰包里，总觉得兴奋不安生，要显一显，不必要花的也花。

舌头再硬穿不透腮

再嘴硬能说，也改变不了事实。

数　　叨

一宗宗说人不是，说起来没完没了。

“你这还数叨起来没完了，我改我改，还不行吗？”

熟透的瓜

一般用来比喻行将就木的老人，瓜熟蒂落，何时闭眼，都不意外。

熟 皮 子

或牛或马，或犬或猪，到它们没用的时候，就要食其肉寝其皮。皮剥下来，先要绷在墙上，待干后，用木榔头捶软，名为熟。

借用为打人。“你皮子紧了？欠熟吧？”农村淘小子，这类话听得耳朵出茧子。

守铺（pū）儿

从不擅离职守、岗位。让你站柜台，从不借口如厕一去不回来。

旧时商铺雇佣劳金伙计，“守铺”，是重要考核条件。互相间唠起来，会“点赞”：“那，守铺儿。”

手插磨眼里

石磨上扇，有一小碗口大小的洞，往磨里均匀送料，叫磨眼。磨的上扇不断地转，手要不慎插进去，拉磨的小毛驴又不听喝，这只手就要血肉模糊，要抽出来，难。

比喻插手了一件倒霉的、欲罢不能的事件。

手大遮不住天

手再大，毕竟不能遮住天。跟螳臂当车意思相通。

手拿把掐

把握有十分，就如同手掐着的东西，它还能飞了不成？

“掐”字，包含着掐者捏紧的动作，透露出唯恐失去被捏物的心情。

如果换一个字，“手”字换成“死”字，词义就变成不灵活，“死个丁”掐在手里不松开，资源不流动，也会变成死物。

手头紧

缺钱，甚至没钱。没钱，也说“干爪”“两手攥空拳”。

手把儿好

是一把好手。行业、工种中，数得着，说得出。

手心攥着

把握有十分，比手拿把掐还要可靠。

手　　黑

好动手，动手就下狠茬子。

手蹬脚刨

手脚的作用都忙颠倒了，真忙得“把不过麻来”。

手巧不如家什妙

能工巧匠，靠心靠手，但更要有巧妙好用的工具。古语：工欲善其事，必先利其器。

甩钢条儿

底气不足，说脱离实力的硬话，装英雄，吓唬人。

耍磨磨丢

放赖，不讲理，没理的事却闹起来没完。要放在孩子身上，也叫磨人。

耍狗驼子

狗驼子，黑熊的别称。过去有驯熊的，用熊耍把戏，收钱。那多半是小熊。人们把撒泼、打滚、放赖甚至装死，叫耍狗驼子。

丝丝拉拉

一些，一点，断断续续，多用来形容疼痛。

死 葫 芦

实心儿的，一体不可分割的。不开窍，一条道走到黑，“死葫芦心眼子”。

死木头疙瘩

如同死木头疙瘩。一动不动。脑袋不灵活，不开窍不转弯，太死性。

死木咔哧眼

眼睛虽有，形同虚设，倒像木头疙瘩上的节子，什么也看不见。

死　　性

一条道跑到黑，不会灵活想办法。

与人不大交往，往往灶坑打井，房顶扒门。想要万事不求人，事实上，很难办到。人是群居的社会人，离群索居，不好生存。

死嘟赖沉

很沉。一般指不好背不好扛、无抓手体积大的物件。背着胖人，也开玩笑这么说。

也说“死沉”。

死人能说活了

嘴巧能说，说起话来滔滔不绝，没理能说成有理，往往言过其实。“那个人死人能说活了，信了他，死了连裤子也穿不上。”

死脑瓜骨

不机灵，太笨。什么窍都不开。

损　　贼

小偷小摸。

损　　种

好处让有心眼有办法的捞去，他赔钱赚吆喝，还跟着瞎蹿跶。比起坏种，损种还让人生发一丝同情。

损 犊 子

骂损种是小牲口。

酸皮拉臭

说话没好腔，脸上不开晴，不该生气也生气，不该发火也发火。这样脾气，慢慢人家就都躲着他。“答嘎他，酸皮拉臭的，一句话撞你南墙上去，谁愿意讨二皮脸？”

缩脖子鸡

农村里家家养鸡，对鸡观察很到家。平时公鸡高视阔步，母鸡自由自在。一有病就蔫了，脖子缩缩着。大冷的时候，太阳没上来或阴天，它们就缩着脖子，一条腿缩回去，一条腿站着抵御严寒。

天太冷，人也抱着膀缩着脖。“快烤烤火，别像个缩脖子鸡似的了。”

嘣　拉

把食物一半伸进嘴里再慢慢抽出来，两唇合拢品味。“那么根冰棍，老那么嘣拉，多不好看？”“儿子，别老嘣拉手指头，人家笑话。”“会喝酒的，谁讲究啥菜？嘣拉根洋钉子也喝他斤把的。”

烧 火 儿

为了加剧别人矛盾，从旁撮火，也叫“加钢儿”。

舍脸扒皮

舍出脸皮。“我舍脸扒皮给你淘换来了，你倒好，不当一回事。”

搜 裆 风

十冬腊月，西北风尖溜溜刁钻古怪，哪儿娇性往哪儿吹，还专拣要害的地方往里钻，吱溜穿过去。裆部保护得不错，缅腰大棉裤那地方是两倍厚，仍然挡不住冷飕飕的风。呲风岗子，大平原上干苦活，西北风一泻千里，没着没落了，能不产生被“搜”的感觉？

屎 盆 子

脏事坏事。“不能拿屎盆子往自己头上扣。”也说“屎盔子”。

屎窝挪尿窝

由一个坏地方，挪到一个同样坏的地儿。

送殡的装进棺材

株连，拐带，扩大化。

扨扨搭搭

不愿意不高兴，又不敢公然反对，动作上便有表现。递个杯子也要一推，水也晃出来。走路也满心不愿意的样子。

鼠 眯

老实了，低头了，害怕了。“作吧，出了事，鼠眯了吧？”

随弯就弯

有了毛病不改，久而久之，反而觉得这毛病是正常的。

顺着好吃横着难咽

拿吃东西作比方。

处人办事，不能动不动就打横儿，不能总戗着茬来。要讲究方法，明明能办成，戗着来不讲理的，逆着冲着硬来，让对方反感，也很难办成。好来横（蛮横），也说明本身修养欠缺。

顺 走 了

顺手偷走，或拿走。

上赶着不是买卖

主动要卖或要买，交易难成。你急，他不急，利用你立马追急，步步为营，步步紧逼。还多亏没成，成了，就上当了。

晌午头子

正晌。多在酷热时说。前面还常加一“大”字。

第十九章

搨（读入声）

亏欠。“我搨你个大人情啊。”

“白吃白喝，我上辈子搨你的?”

胎孩（tāihai）

不操心不费力，生活安逸，身心放松，自得其乐。也说“胎胎孩孩”。

掏 耳 朵

有人暗地里出主意，捏点子，透露消息。“怎么昨儿个说好了，今儿个就变了？准是有人给掏了耳朵。”

淘小子出好的

凡淘气男孩，大都身体结实，胆大机灵，有主意，敢斗争，点子多，行事灵活应变能力强，有担待讲义气。

长大后，这些品质会发展成一个人的优秀品质。但也分化，小时引导不好，或可贻误其终生。

抬头老婆低头汉

从身姿看性格，一代代经验积累，不知哪位乡贤，冲口说出人们心中有、口上无的这么一句话。于是流传不息。

抬头走路的女人，挺胸扬脖儿显得强势，心也要强，行动利落语速快，说话办事不让人。低头走路的男人，虽不张扬，但好思索，善琢磨，被认为连走路也想事，说不上又算什么小账，打什么小九九呢。

心细的主儿，见到这样身姿的人，还要加以提防呢。

唉，人也难做，连身姿也被人说来道去。弄得女“抬”男“低”都不是。

抬夯儿

念三七儿，两个人你上句，他下句，挤对另一个人。好像说相声。被挤对的就会说：“呀哈，还抬着夯来呀？”

夯，是一段粗硬木，贴上端横穿一根木棍，两个人一抬一落，用以夯实地基。这工具在汉族聚集区早已消失，但它帮着华夏一辈辈先祖盖房子、遮风雨、留后代。还留下一个“夯”字。

掏心窝子

张口见心，内心深处的话。真话，实话。说这样的话，自己就感到问心无愧。

掏登

也说“掏弄”。千方百计打听请教，要找一个药方，一旦得到，希望之门大开，感激之情溢于言表：“可下子算掏登到了！”

套　　子

高山伐木，要把大木运下山来，当时没机器，只能由牛马拉下。叫“捣套子”。

狩猎的方法之一，下套子。小到兔子野鸡，大到獐狍野鹿，都能套住。

有些精灵鬼怪的人，以摆套路为业。套人，套钱。

天蓝水清，人何时方能不骗？到了人忘了套路为何物时，那该多好啊。

抬头纹都乐开了

人没抬头纹时最清纯，那是无忧无虑的童年。抬头纹伴着白发不知不觉爬上来，壮怀激烈，撑起家，撑起国，撑起蓝天。抬头纹布满额头，不管微笑与沉思，都是一幅智慧的画。

为什么叫抬头纹？抬头就是挺胸昂头。为什么一乐抬头纹就舒展开了，心管着抬头纹呢。

树有年轮，人有抬头纹。那是树与人的攀登脚印。

抬　　钱

过去叫印子钱，也叫“驴打滚”，利滚利。不能要治眼前疮，挖去心头肉。比“拆东墙补西墙”还厉害。

抬　　枪

大口径火药枪。架在炮台上，放出去，“一糊”一大片。是冷兵器末期的重武器。也叫“大抬杆”。

趟　子

割庄稼放成一堆堆的称铺子，一溜铺子称一趟子。

一带树木，叫“树趟子”。

蹚朗子

受欺负的人，说不出道不明，吃亏还得领情。窝囊。

“那是个蹚朗子。”

“这不成蹚朗子了？”

贴　壳

到份儿了，严重了，很厉害了。“病得挺邪乎，你没看都瘦贴壳了。”没办法可想，眼看要失败。“不往好草赶，自作自受，这回贴壳了。”

过去用快枪，有时弹壳膨胀，取不出来。

也叫“拉不开大栓”（继续不下去，困难）。

贴边儿

接近事实。“他说得挺贴边儿，拿个准主意吧。”

同义语还有“贴溜子”。

贴铺衬

旧衣物洗干净，挑囫囵的地方撕下来叫“铺衬”，以糨糊粘贴在一起，或三层五层，晒干，再剪成鞋底，也是数层，用麻绳纳起来，就成了布鞋鞋底。

借喻有可能，贴溜子，贴边儿。

贴 树 皮

树上软体蠕虫，有毛，鲜艳。也叫“洋剌子”。

借喻孩子总黏着母亲。

如同缠树，紧贴不放，状写紧紧相随。有些厌恶的意思。

腿都遛细了

左一趟右一趟支使人，让人来回跑腿儿。跑腿儿的会说：“唉，腿都遛细了。”

跳马猴子

活泼灵动，没一时消停，不老实，太淘气。“这孩子淘得没边了，像个跳马猴子。”猴子要骑马，又骑不上，不是抓耳挠腮、跳上跳下吗？

跳老虎神

跳神，跳萨满，老虎神附体，一跳三尺高，大喊大叫。

又蹦又跳又发火，如同老虎跳大神。

状写暴跳如雷、大发雷霆。

挑　　眼

找毛病，挑理。

土里刨食

庄稼人。硬是在土里刨出食来，谁知盘中餐，粒粒皆辛苦。

土没脖颈

千百年来，汉族多土葬。时光过一点，冥冥中就有什么人悄没声撒过来一把土，土就把人埋上了一点。一辈子土是一点一点往上埋，人往往浑然不觉，一直到入土为安。

“我这都土没脖颈的人了，跟你们小孩伢子能一般见识?”土没脖颈，意为土快要埋到头顶了，就要告别这个世界了。跟“蜡头不高”一个意思。

秃老婆画眉

干活不认真，东一下西一下，应付到了就算完。“这地让你扫的，秃老婆画眉似的。”

秃　　噜

黄（失败）了，“这事办吐噜了”。一物从应该附着之物上滑落，小孩子裤子太肥，没扎住，秃噜下来了。

突　　突

心忽然跳得快，多半因为害怕。“哎呀妈呀，吓死人了，我这心都这工夫了，还直劲儿突突。”

透 亮 了

活儿快要干完，工作将要完成，事情将要解决。

托　　底

知根知底，可靠，可以信任。

呔呔歪歪

身体不好，挺不起来，浑身如同没骨头似的。身子骨赖巴，病病恹恹的。

填 乎 人

家禽家畜格外高产。“这大芦花一天一个蛋，还有双黄的，真填乎人。”有时用于开玩笑骂人：“老妹子，连生大胖小子，你可真填乎人!”

天老爷饿不死瞎家雀

没出路时的自我安慰而已。

我爱动物，它们给过我许多感动与激励。

就说麻雀。人如无隔夜粮，何等恐慌？麻雀从无隔夜粮，连隔顿粮也颗粒皆无。有啥条件，用啥条件。无檐可栖，寻寻觅觅，代以墙隙；无水可饮，龙头下面，总有几滴；一顿饱，十顿饥。却生存传种，精精神神，快快乐乐，蹦蹦跳跳，喳喳叽叽。

居七楼三十余年。东邻某领事馆空闲已久的大院子，有着大片树木，散落着几幢小小洋楼。夏日绿荫掩映，隆冬白雪飞舞然后遮覆。除偶有守园人走走看看，平日成为鸟与虫、树与草和阳光的乐园。麻雀是这里的望族。特别是草丰虫肥的秋天，有三四群此飞彼落。写字小桌前，偶尔停笔舒腰闭目伸臂，静谧中，常有一阵阵羽翼声传来，就会心一笑。榆钱落时，这声音，不常听见；窗前大杨树叶渐黄渐落甚至飘然落于窗台上的时节，麻雀阵飞动声最强；几簇针叶寂寞摇动，到所有阔叶都在空中留恋漂泊，不得不在地上找到归宿时，那飞动声最紧迫、急促。

大雪漫天，很少见到它们身影。天头打开了，院内林下蒿草上，它们落上一只、两只……一小群啄食草籽。蒿草因它们而晃动，它们随蒿草而打另类秋千。我想起“打秋风”（等于讨饭）这词。到后来，几乎听不见那羽翼声。它们还能到哪里去？

想到小时，农家场院谷物垛，麻雀如一片薄云般飘落上的情景。猜想，或许逃荒，往有食可觅处飞了？丛中雀，能飞多远？

打开通风窗，将窗台上积雪清除。撒一把生虫、几乎霉变的小米，关窗观察。头一两天，它们装看不见，远远飞来飞去，从小楼上向这边张望。过一两天，敢落在我窗外的大杨树梢上，先一只，连着三五只，有的头歪来歪去看，有的落稍远些，似乎不留意这诱惑，梳理羽毛。其实，它们看的不只是米，还看屋子里的我。你看，我偶尔走到窗前，它们便忽地飞去。三两天后，再到窗前，就没有飞走的了。

它们终于落下，先落尖兵，接下来就各顾各啖米，以致争米打架。米没了，会落于窗台，歪着头，跟我对视。像是在问，米呢，米怎么还不拿来？你忘了我们啦？

只有很少强者，能熬到春光明媚时刻。

然而到秋天，那羽翼声，又动人耳目，动人心性了。

以此看，老天爷饿不死瞎家雀吗？

填　　房

妻子亡故。孩子得带，日子得过，家得撑起来。咋办？续娶，即续弦。女子嫁过来，俗称填房。

听人劝吃饱饭

兼听则明。遇事当然要自己拿主意。但有人来劝说，不管是出于什么动机，代表谁的利益，听听，总可以换个角度思考，开阔思路也好，免得一条道走到黑，结果还走错了。如果是明知自己错了，还拿不是当理说，谁说也不听，硬充好汉，那就很难“吃饱饭”了。

挺

不动不摇不理。你有千条妙计，我有一定之规。“放挺”，没别的办法可想，任凭人去追索、攻击，我行我素。也叫“硬挺”。

有句歇后语：酸菜炖土豆子——硬挺。这菜，过去常吃。一般炖土豆，土豆都很面。唯独拿酸菜炖它，它就硬，就放挺。不过也别有风味。

挺　　尸

人亡故，身体僵硬，变得比生时长些。

人懒惰，日上三竿还睡大觉。媳妇生气了：“还挺尸，喝西北风啊？还不去地里看看，早该铲了。人家备不住都干一个来回了！”

踢　蹬

毁坏了，不行了。带有惋惜的意味。“一口烟累（鸦片瘾），把一个好人踢蹬了。”

第二十章

挖窟窿盗洞

钻营，处心积虑，想尽办法，豁出血本，要挖出一个通道。

为什么？“无利不起早”。

崴 杆 子

挫折。“出马一条枪，好说歹说劝你，嘴皮子都磨破了，听吗？崴杆子了吧！”

崴　　了

“倒霉，迈个垄沟，就把脚脖子崴了，这就老了？”

借用表达事情办坏，突然出了故障，坏了，糟啦。

外头挣块板，家里丢扇门

在外拼搏挣一个，家里人不会过日子，花出十个。

望山跑死马

看山觉得近，实际远。一般说来眼见为实，其实也有眼见不到的实，见到的也不能排除一些错觉。

松辽平原，广袤辽远。周围有长白山、大小兴安岭、完达山，极目远眺，环视全是毫无起伏的地平线。

离这山近一些的同胞，远远看着，山蓝蓝的，水粉画一般，天、山一色。又走了几天，看见形状了。问本地人，人家热情告诉他，说不远了。结果他骑着马跑几天才跑到山边子，那可爱的坐骑已经疲惫不堪，他心疼地说："望山跑死马呀！"

告诉他远近的老乡，衡量的标准不同，地广人稀，可不就觉得不远嘛。

乌泱乌泱的

成帮成片往前拥挤的样子。

形容人或动物太多。

也说"愿意去的，有的是，架鞭子赶"。

无可儿无可儿的

感激涕零，不知道说什么好了，内心觉得无可报答。

舞舞扎扎

连说带比画。费了不少操持，办一件不怎么繁杂的事，忙活，张罗，手脚舞动。"你也不嫌累？总舞舞扎扎的。"

有时指虚张声势的样子。

屋里不出烟，眼前无晴天

农村灶坑不好烧，时而倒烟，满屋子烟。柴火若是黄蒿，秋天晾干的，也叫秋板子，烟里还有一些清香气。如是枯树根子，则死拉拉呛眼，人鼻涕一把泪一把，只好赶快打开房门放烟。一般都能放出去。放不出去，那就是气压低，要连雨天了。

窝　　火

火气散不出去，窝在心里，比上火更为难受。

窝　　憋

受了大委屈，又说不出来。

“兄弟，你为哥受窝憋，哥心里太不过意。”

妄口巴舌

编谎话，污蔑陷害人。常能听到的话。

五雷豪风

大发脾气，气急败坏。那气势够大，好像五个雷在天上打，霸道豪横的大风在地上吹。

不顾命地发脾气的样子。

五马倒六羊

东西买这个卖那个，倒腾来倒腾去，从中渔利。

五黄六月

天热时节。

地旱，六月应该是放眼皆绿，而这一年，一片枯黄。

外财不富命穷人

有人信命。这一辈子，一下生，穷富贵贱，命运就已注定。命里有八斗，绝得不到一石。劝人守着命过日子，千万别生非分之想。不是自己劳动挣来的钱，不是好道来的钱，千万离得远远的。

有人看透了一些事，说“马无夜草不肥，人无外财不富”。

第二十一章

稀倒谷子，密倒高粱

谷子太稀要倒伏，因为根系较浅，植株矮，相互挡风才好生长；相反，高粱太密，单株根系太挤，相互争夺深扎根的地盘而不可得，植株又高，所以禁不起风吹，同样要倒伏。渐渐高起来的青植株，水分大，头重脚轻，一遇大风就像旋风刮过一样，青枝绿叶已经吐穗的高粱棵子，呈同心圆，倒伏一大片。

高粱谷子，那时是东北主要粮食来源。经验就集中在这八个字上。这八个字，又内含着普遍哲理。高与低、稀与密、倒与立，几对矛盾相互交织。也叫我们不要绝对化。这句话，推思下去，能教我们许多认识事物认识世界的道理。

实践出真知，致知在格物啊。

稀 烂 贱

贱得离谱，像烂货那样贱。某种货物跌价，超乎想象。

某某地方的房子“卖白菜价”。

稀了咣当

菜汤、粥，过于稀薄。

稀不楞登

太稀。“稀不楞登那么几棵榆树，屯名还叫个榆树林子。”也说稀了巴登。

稀罕巴叉

喜欢得不得了，托在掌心怕掉下去，拿在手里怕捏坏了。恨不得睡到半夜还要爬起来看看。看的时候眼光充满温柔。谁要无意间碰一下这块宝儿，他腾一下子脸就红，立刻就要急眼。

斜　歪

不正道，应该是直角的，成了锐角或钝角。

邪　性

不按常理出牌的人，不按规矩行事的人，就会有人说谁谁邪性。

邪　乎

厉害，凶猛，超乎寻常。

“这回这病，挺邪乎。”

笑话人不如人

笑人者，总是觉得比被笑者强，才笑啊，怎么说不如人？

人是发展着的，知道明天谁怎样？笑人，远不如学人、帮人。

现上轿现扎耳朵眼

过去女孩子，出生后不久，就要扎耳朵眼，大了好戴耳饰。而最需要精心打扮必戴耳饰的场合是出嫁。婆家花轿来接，耳朵眼现扎，来不及了。

什么事要早有准备，届时方可应对自如。

心明镜似的

心里明白，嘴不说。

心　熟

心慌，难受。“哎呀，快别疯（打闹嬉戏）了，闹得我心熟。”

心长草了

长草了，就是“荒了”。荒与慌同音借义，就是不安心。“刚写两个半字儿，心就长草？算术还没动呢。写完让你玩去。”

心眼就针鼻儿大

咳，再也没法更小了。

心里压块石头

搁谁谁受得了啊。

心让狗吃了

还行，如连狗都闻闻夹尾巴躲开，就更不好做人了。

响　　干

特别干（水分少）。“看着小米，响干!”

显大眼儿

显摆，自我表现，有点好事就自满，到处张扬。特别是老觉得自己行，没那一手，硬要露一手。

现 世 报

报应。过去讲“善恶终有报”。“不是不报，时候不到，时候一到，善恶都报。”

那么，这“报”得拖到几辈子呢？这里说的报，来得及时，现世就报了。

瞎粮食喂的

瞎粮食，未成、“没上来”的瘪粮食，一般用来喂家禽家畜。说谁是瞎粮食喂的，就是拐弯骂他不是人，不是吃人饭长大的。

瞎　　掰

瞎说，没有的事，硬说有。也包括吹牛。

新娶的媳妇讲三年，新盖的房子响三年

农耕经济，聚落而居。谁家娶新妇，必然引起屯人关注，观察、评品（讲究）三年。新房子土木结构，要一段时间才能落实，这段时间内，免不了有时咯咯地响几声。

比喻新事物被评论，落实中遇到一点变异，在所难免。

心眼像芝麻粒儿似的

芝麻粒是比较小的。所以常被用来形容小的东西，比如“丢了西瓜捡芝麻”。

形容人心眼、心胸、度量、器局太小。

踅　摸

总惦着一件事，又不好直接出面，就在与此事有关的地方梭巡。

在一个地方转悠，想划拉点啥。

“总想甜的，踅踅摸摸，抓挠一块冰糖。”

有一搭无一搭，在一个地方转来转去，眼睛四处撒摸。

“老搁这疙瘩晃悠，踅摸啥呢?”

“搁”，在。“这疙瘩”，这地方。

雪里埋不住孩子

过去农村孩子夭折，要在坟茔旁埋起来。赶上冬天雪大，用雪埋，到春天雪一融化，孩子就要露出来。

借喻问题不要掩饰。类似的还有“纸里包不住火”“鸟过还有个影”“没有不透风的墙”等。

小 样 儿

小模小样儿，可爱。七姑八姨，抱起姐妹妯娌的婴儿，常喜不自禁地说：“你看我侄儿，这小样儿，下巴像他妈，好看。”

风流姑娘，含情脉脉，手指一戳情哥哥脑门，说一声：“就你那小样儿啊？别想。”

瞧不起。“就你那小样儿，还想攀人家高枝？”

蔑视，叫号儿。“小样儿，动我一根汗毛，跪着给我扶起来。”

词是一个词，不同场合情境，说时的不同表情，特别是不同语气，可以表达爱、轻蔑、打情骂俏、威胁等意思。

小来小去

数量很小，情节很轻。就是不怎么好的事情，有涵养的长者也就权作不知，忽略原谅，给留点脸面与改正机会。

小偷遇到打杠子的

打杠子，一闷棍打昏人，抢人财物，可以叫强盗。

小偷，打窟窿盗洞，图些财物，一般伤不到人。谁知他刚刚从洞里拖赃物出来，被人一棍子打昏，赃物再次当了赃物。

打杠子的，也叫“棒子手”。

两个人办事要成了，忽然第三个人插进来，要撬行。要吃亏的一方，可能指责：“你打啥杠子？”

现在有新词叫黑吃黑，也挺形象。

小支使

大人支使孩子，帮家里跑个腿，干些零活儿。“我姑娘都能当我的小支使了。”小姑娘听了挺高兴。同辈支使就会不满：“你当我是你的小支使呀？”

小打儿

小厮。给人打下手的小伙计。

小生荒子

刚入一行，什么都不明白。年轻生手。

小九九

九九歌儿，乘法口诀。

办一件事情，有打算，心中有底，叫“有个小九九”。也就是“心里有数”。

闲磕打牙儿

本来没大事儿，就那么你一句我一句瞎罩罩。伙伴说：“扛锄走吧，别闲磕打牙儿了！”

下过雨送蓑衣

救急不及时，送空头人情，走形式。

下　水

被宰杀牲畜的内脏。骂人没好心眼为“没好下水”。

下雨挖壕沟，刮风抬石头

迟了，“不赶趟”，来不及了。“有正事”的人，是“水不来先叠坝”。

下蛋不咋的，占窝是好手

母鸡下蛋都要占个窝。这窝，一般是稻草、谷草编的，名为鸡轱辘。有的鸡光占窝，在里舒舒服服趴着，不下蛋。憋得夹蛋鸡直转圈，里边的，就当没看见。只能挤进去，鸽人家。鸡群，也有霸气的。

借喻先占地方不干活。是占着茅坑不拉屎。

下不去脚

屋里杂物衣物器物，杂七杂八，让人觉得进不去，咋的？没处落脚啊。

下不去手

伤害动物，不忍心，坑害一个无辜者，不落忍。过去说是“妇人之仁”。管它啥仁，总比不仁好。

下　　话

当头的，事先嘱咐好，谁谁来开路条，不给他开，就叫下话了。

兴 扬 儿

弱势向对立面渐变，发生质变后，忽然成为强势。有人看不惯，说：“不像原来倒霉时候了，夹尾巴狗似的，现在兴扬了，你看那胸脯挺的！”

香 饽 饽

饽饽，满语干粮。香饽饽，受青睐的干粮。

借喻在人前“吃香”（得喜爱，有信用），有脸面。

写瓢把子上的事

不准成，没把握。瓢在水里，写在瓢把子上的墨迹，说不上啥时候，就让水涮了去。

星 崩 儿

很少，不普遍。稀稀落落。“出水痘，也就星崩儿几个。”

响　　快

性情爽朗，为人热心，外向型性情。

醒腔儿

突然觉醒。

也叫“划过腔来了”。“哎呀妹子，你可算划过腔来了！”

凶妖妖

气势吓人。态度硬气。物件与人配搭不当。

我做肠癌手术时，认识一位老医生。其女刚做见习化验员，却每天上班拎一个鼓鼓囊囊的真皮大黑皮包，像过去阔大夫或大律师。来看她爹也拎着。有一天她爹忍不住，说：“你天天拎那么大皮包干啥？凶妖妖的！”

血赤糊拉

两种含义：流血多，以致看不清皮肤原样；说话描述过于夸张，强调得吓人。

雪下高山，霜打洼地

雪先下在高山上，霜先打到洼地里。自然现象中，蕴含规律、哲理。

第二十二章

牙 根 直

恨，恨得不得了。但又包含疼爱，恨其不争。

牙口缝不欠

想问出点实事真情，别指望；
得到一点便宜，一个字也不透露；
欠人家情，一句也不感谢。

牙　　碜

咬上沙子的感觉，浑身瞬间要起鸡皮疙瘩，如同被轻微电击了一下。

另义：说话下流卑贱。女人骂：“呸，不嫌牙碜!”

鸭子咋打扮也是扁扁嘴

乔装打扮，改变不了实质，再美化仍是原来品位。

哑巴堆里说客

本来昏昏，总想使人昭昭，好像自己是舌战群儒的诸葛亮。人家会说他“硬充哑巴堆里说客”。

压 根 儿

根本。“啥叫再想想？你压根儿就没给过我。”

眼 毒

事物看得太明白。别人看一面，他能看全面；别人看表面，他能看内涵，看实质。

腰里别冲牌，谁说跟谁来

别，掖着。牌，赌具。谁愿意来，就地赌几把。像个职业赌徒。借喻，说人的脾气不好，一言不合，就跟人家吵架。

药人的不吃，犯法的不做

毒物不入口，法网远离身。堂堂正正，磊落光明。所谓身正不怕影子斜，有正气就硬气，所以敢这样叫板。

要 账 鬼

孩子不幸夭折，父母为了不寻思不想，自我解劝，就说：“那是个要账鬼。”迷信讲前世今生。说这孩子前世是自己的账主儿，投生来就是讨债的。吃了喝了花了，够了就走了。

要想卖，头朝外

既然下决心，要干一件把握不大，特别是不怎么见得人的事情，就别吞吞吐吐，迟迟疑疑，犹抱琵琶半遮面。痛痛快快，干干脆脆，豁出去干就得了。

有点像亡命徒的话。

遥 哪 儿

到处。“这个东西，真不是物儿，她遥哪儿‘臭屁’（造谣贬低）我！”

咬 木 头

说话句句直达要害，赶劲，给力。句句在理上，句句都到位，句句让对话者往后退避。

咬人狗不露齿

先龇牙那种狗，不大敢咬人。不声不响的，扑过来就掏你一口。

瞎叫唤的人，不一定都是坏人，倒是对笑面虎需要倍加小心。

约（读 yāo）觉着

衡量、琢磨、感觉，包括猜测。主观判断。

“你约觉着能行，那就这么办。”

“我怕啥呀？就这么的！”

“大约莫”，粗略判断。

咬眼皮的话

抓住人家一点话把儿，或隐私，旁敲侧击，说“三七疙瘩话”，以便刺激人。

眼睛撑冒了

人一吃多了，眼睛往往瞪起来，好像让食物挤出来一样。“还吃，不怕撑冒眼睛？”

一筐木头砍不出一个塞子来

一筐碎木头不算少，却挑不出一块能砍出小塞子的材料。

借喻一帮人中，挑不出一个有用的人才。

一步赶不上，步步赶不上

是这么个事儿。经验总结，也有哲理。春天不播种，夏秋不用说，没戏了。火车差一分钟，那也不是咱私家车，不等你。车上的约会失约，目的地的事情泡汤。

再回头想想这句关东嗑儿，大约就要肃然起敬了。

要害的一步主动，接下来的事情，要顺畅多了。

一堆一块

就这些。只有这些。

有时也自指。“我就这一堆一块，你能把我怎么着？”

“就这一百多斤（体重），我怕什么？”

“打到一堆，恋到一块”，多指不大正经的人，在一块儿常打恋恋。

一锤子买卖

一回办事，就安心坑人，给人当上。上当的人有了戒心，当然没有下次。绝了后路，就好像一锤子下去，缸碎了。

一说就离骨了

一开口就说两下去了。

一口咬透

直截了当，一针见血，说明实质。

一个大钱憋倒英雄汉

能耐再大，有时也会让小钱憋倒。

一百多斤

体重。多用于自指，如：“豁上我这一百多斤了！”也指他人，如：“就他那一百多斤，全是铁能捻几根钉？”

一个走着百个瞧着

做人行事，留心一百双眼睛。走自己的路，让别人说去，自然特立独行。成功的也有，那就是大成功，真理往往在少数人手里。

但多数情况下，人要在大众中生存，“一个人吐口唾沫，也能淹死人”，众口铄金，不要求自己严一些，难以立足。

一屁股饥荒

饥荒，这里当债务解。新债压旧债，走到哪儿，饥荒就拉到哪儿。直到有一天，饥荒要拉也拉不到，才改弦更张，不算太晚。

一 股 绳

“他们俩是一股绳”，是说那两人团结，分不开。

一个羊是赶，两个羊也是放

意思是一起就放了，不费大事。事情捎带着也就办了。

一脑门子官司

思想激烈斗争。或有难解的题、犯愁的事。眉头拧个疙瘩，脸上一片乌云。

一还一报

谁做了亏心事，加害于人，对不起人，慢慢自己也会遇到报应。

一条道儿跑到黑

执拗，不会灵活处理问题。一个主意明明错误，却要实行到底，往往碰壁也不回头。

一贴老膏药

揭不去甩不开舍不了受不住，贴身上难受透了。

借喻人有这种老膏药性格。“他这贴老膏药我是躲不开了。”

一锅搅马勺

一锅里吃饭。

吃大锅饭，责权利不分明，事情难干好。有一笔糊涂账的意思。

还有另义：一口锅里吃饭，理应和气团结。

一股肠子八下扯

要惦着的人和事太多，而且个个都连心连肺。

子女多的母亲，孩子又天南地北，各处一方，联系方式不便，对此语体会，当更切实。

太分心，顾得太多。

一心巴火

一心一意。

一枪俩眼儿

一个错误举动，造成两种伤害。

一斧子砍到底

直截了当，不拐弯抹角，亮底牌。

一个跟头折到头儿

决心下定，一口气干到底，坚定不移。

一会儿脸子，一会儿屁股

反复无常。一会儿给好脸，一会儿甩脸子。

一步挪不了四指

一指，一个指头宽。一步迈不了四指，而且是“挪”，其行走之慢可知。

一眼高一眼低

看事情评人物，不能量化，那很可能有出入，不那么十分准确。第一眼看高了，第二眼看低了。时间、场合、背景不同，都影响人的眼光。

一俊遮百丑

有个优点出了彩儿，一百个（很多）缺点，都被掩盖。

一溜边光

一趟出去，到了许多地方，本来没想去的，也去了。“这一溜边光，走了小半年。”

一 抿 子

一笔开销。“一开支，这一抿子，那一抿子，一抖搂工资袋，连个镚子儿都没了。”

一溜十三遭

费了不少工夫与周折，没成功；求人办事，送了不少人情，赔了许多笑脸，等了很长时间，落空了。

“闹了一溜十三遭，还派了我一身不是。”

一星半点

很少。也说星星点点。

一顿饼，三天不离井

旧时生活水平低下，常常是糠菜半年粮。偶尔吃一顿油饼，就放开量了，叫“甩开腮帮子造”。当然就渴。说三天离不开井，是粗犷豪爽夸张些。

一打二蝎虎

管教孩子不能真打，主要是吓唬他，让他记住教训。

一卯顶一楔儿

卯和榫相对应，榫就是楔。两两相配，一个萝卜一个坑，可丁可卯。不多不少，正好。

一槽拴不住俩叫驴

叫驴，公驴。两头公驴见面便横咬乱踢，所以无法拴到一个槽头。“一山难容二虎”与此一个意思，不过被形容的人物更重要一些。

一个门口一个天

一家有一家的追求、规矩、要求、活法。各不相同。

不会有两粒完全相同的沙子。

一垄一行地说

一样样地说，按顺序说。

一头炕热

东北农村多住火炕。一般火炕，离灶坑近的一头，叫炕头儿，很热，老人住，烙点也不在意。有时炕席热得变深褐色，散发煳味儿。孙子说："爷爷，你可真抗爆！"炕若比较长，挨烟囱近的，是炕梢，那就要凉了，数九天脚下墙脚还有霜呢。这现象被创造成"一头炕热"一词儿，表示两人相处，一个上赶着另一个，就是拿热脸贴人家冷屁股，人家也还是不咸不淡不冷不热。还有一个词儿，南北皆知，"剃头挑子一头热"，意思相同。

"不知哪头炕热"，不知远近亲疏，不知谁对他好。

一个来一个来的

形容轻而易举，不在话下。"你听好了，我把话撂到这儿，别不知好歹，要治你，一个来一个来的，不信试试。"小霸口吻常如此。自己说，语气上就有吹牛自傲元素，起码不谦虚。如说别人，是称赞，也有哄抬或广告嫌疑。如几个朋友开玩笑，很能逗起欢乐气氛。

"张三逮驴，富富有余。"张三，狼；逮驴，抓住一头驴吃；一顿，撑死它也吃不了。

一出一出的

唱戏，一本，叫一出。

过日子，今天打，明天闹，又寻死，又上吊。像唱戏似的，尽新节目。常整下去，那可真"不是个曲子"（不是闹着玩的）。

一 把 连

一伙的，气味相投，相互有利益瓜葛。容易成团成伙。

如果沾亲带故，也说"一条带上的"。

一 边 大

一般大；不是一边大，另一边小。

一来二去

渐渐地，来往长了，混熟了。

一样谷子养百样民

就是生存环境十分一致，培养出来的人，特别是思想品格行事方式，也是千差万别。

意意思思

二心不定，一时沉吟，拿不准主意。

“意思意思”，词义不同，为稍有表示。

“老王家二奎娶媳妇，你随多少礼?”

“前年大奎办事的一半，意思意思就行了。若不，三奎四奎咋办?”

眼 发 蓝

急得憋得不得了，眼睛都发了蓝。其实中国人极少有人是蓝眼睛。黑眼仁白眼珠，再着急，顶多充血变红，未见变蓝。不可能的奇事都出了，强调的是急得厉害、憋得厉害。也说眼眶子发蓝。

有心采花无心戴

兴趣不长，顺性而为。想要戴花兴致勃勃去采了，回来却没心思戴。

有心下蛋无心抱窝

有始无终。不能善始善终。

有 抻 头

抻头，沉着、稳妥。有抻头，有城府，不是点火就着，或反应慢，后发制人。

有一搭无一撞

有无皆可，不经心，不特意追求。也说“有一搭无一搭”。

有啥啥操心

东西太多，人被物质淹没，样样都喜欢，可不就费心思？一旦这个坏了，那个停摆，还要请人修理，可不是有啥啥操心嘛。话说回来，没有呢？就惦着有；求之不得，辗转反侧，也还是操心。

其实欲望超出需要，就免不了分心思了。

有粉都往脸上擦

门面上，都极尽可能去装饰。

有缝就下蛆

苍蝇下蛆。有缝，有点破绽。

找到破绽就进行破坏。侧重表示，暗里说坏话使点子挑拨离间。

有今儿个没明儿个

日薄西山，气息奄奄，朝不保夕，人命危浅。

人老了，今天活着，明天不知有没有。今晚脱下鞋和袜，不知明晨穿不穿。

一夜违法暴富，明晨挥金如土。狂嫖乱赌，夜夜狂欢，日日歌舞。好像今天不挥霍罄尽，以后没日子花了。

有骆驼不说牛

净拣大个儿的说。夸张，吹牛皮。

有马骑马，有驴骑驴

要求不苛刻，有什么条件，利用什么条件，反正路是得走。

眼泪巴叉

哭得着人可怜的样子。“看这小样儿，眼泪巴叉的，快来，娘给宝儿擦擦。”

眼眶子发青

倒霉相。

“你怎么就看我眼眶子发青?”

眼皮狭浅

看人家有什么好事就羡慕，看人家有两个钱就嫉妒。胸无大志，看不见大事情，只在一些小事上留意，终不成大器。

只想眼前，就好像过了今儿个，没明儿个了。

眼欢儿似的

热烈、期盼、信任、兴奋，亲得不能再亲，恨不得把自己融化到你心里的那种眼神。

“这孩子，眼欢儿似的看着你。”

这种眼神，只有清纯天真的孩童，还有对你生死相依的狗，才会有。

眼窝子浅

两个意思：无远见，无追求，易满足，看别人什么都好，都“眼气”，也就是羡慕人家；爱哭，动不动就眼泪汪汪的，同情心太强，一有眼泪就往外流。它太浅，装不住感情啊，又不会顺着嗓子眼往肚儿里咽，没那城府呀。

眼力见儿

老妹子眼睛里有活儿，看见地要扫，连忙去扫，怕妈妈腰疼。碗没刷，赶紧去刷，怕水凉，妈的手犯关节炎。妈说：“我老姑娘就是有眼力见儿。”大姐听了，鼻子哼了一声，自顾描眉打鬓去了。

眼力见儿，就是心里见，就是见机行事的能力。

噎　　人

干面的食物，如土豆地瓜南瓜，大口急吃，咽就困难，抻脖瞪眼，吃相难看。

说话“赶劲”，让人心里噎住，说不出话。

秧　　子

地主家的少爷，一天东游西逛，饭来张口，衣来伸手。叫“秧子货”。家里有钱，好逸恶劳，人家说：“那是秧子。”

也指病弱的人。

被胡子绑了票，人质，也叫秧子。关人质的地方叫“秧子房儿”。

扬大二怔

不留心不在意。你说思想溜号吧，还不是，说他想事呢，更不是。反正老走神，“丧打幽魂”的。什么事情都不在心，啥也不想，看着像傻呵呵的。

扬　　梆

神气，得意，傲慢。有依仗，扬眉吐气，腰杆溜直，旁若无人。也说“扬气梆梆”。其中不乏浅薄之徒。

也说扬性。“不就一脚踢不倒那两钱儿？扬性个啥？”

羊群里跳出个骆驼

本来是食草动物的羊群里，有一峰骆驼。大虽大一些，总不过还是吃草的。是棵高草，却仍然是草。瞧不起这个群体，岂不就是自外于这个群体。

佯佯不睬

不理人，好像没看见一样；有人家跟他说什么，他都不理不问不在乎，好像没听见一样。有意冷淡人，会有明暗大小许多原因。

养孩子让猫叼去了

白费一回劲了。俏皮话。

迂　　作

舒服，舒坦，得劲，自由。

适意，通泰，愉悦。

身体舒适，心神惬意。

旧时农村人，很少能有条件享受澡堂子。偶尔泡过一次，回来评价两个字：“迂作！”

用着朝前，用不着朝后

用着人家，仰着笑脸。下次用不着了，一低头，没看见一样，赶快过去，给人个背影。他是怕人家讨人情吧？没想到自己心里能不能躲得过去。

给人的感觉是，跟这样人办事，换不出一般大来。人家就是憨厚吧，一回两回行，第三回，就醒腔了，不跟咱拜拜算怪了。聪明反被聪明误了。那怪谁，一个走百个瞧，弄这么几回，人家就拿一回当百回，当咱是臭狗屎，躲远远的，回头看一眼，还得捂着鼻子。

怨谁呀？脚上泡自己走的。

也有办法，痛改前非。

冤　种

含冤委屈，那脸色哪会有乐模样，肯定像水嘟嘟的阴天。不言不语，谁打招呼也不愿意吱声。知道的好说，不知道的还寻思人家欠他七斗糜子八斗谷子，有哪些什么事似的，一天脸也总是这么阴着。媳妇就会悄悄跟他说："别老像个冤种似的。干吗老噘着嘴，都能拴条驴了。"

"种"字，有根深蒂固的意思，有像他父母的意思。能构成"坏种""损种""孽种""野种"等词。还有"癞蛤蟆没毛隔路种"。《红楼梦》中有"情种"一词。

冤大头

替人担过，替人出钱，好处捞不到，坏处少不了。也叫蹚朗子。

冤 枉 钱

钱花不当。打个水漂儿都不响，银子稀里哗啦拿出去了，什么都没得到，不冤枉算出了鬼了。

冤 枉 道

没打听明白路径，绕了远。

近道，叫“弓弦”；绕道，叫“弓背”。

硬 掐 脖

武力逼迫，倚强凌弱。掐住脖子，不自愿，也得答应。

英　　耀

光棍，说得出，敢出头，敢作敢当。“那个人，那叫英耀。”

应时应晌

旧时农村妇女，能做到这几个字，多半落个贤惠能干顾家的好名声。男人下地回来，热饭端上来了；婆婆棉衣一煞冷做出来了；窗户该糊高丽纸，早就准备好了；孩子该换小布衫了，一看洗干净放在那儿了。

把自己奉献给这个家了。

应当应分

分内事情做好，从不邀功。

心里有一个“该”字。该我做的，做了是本分。用不着炫耀。

愚囊巴膪

愚昧软弱，说不出道不明。也说愚囊。

愚，愚昧，近乎弱智。巴是东北话里的语助词。膪，是猪的肚皮肉，叫“囊囊膪”。被用这句话形容的人，性格可知。

阴 忽 拉

天刚阴，还没彻底阴。

第二十三章

窄　　巴

狭窄，地方不宽绰。

也说“窄窄巴巴”。

扎　　哕

戗茬了。事情办坏、办砸，惹起对方不满、反弹。

“好好说，递几句小话儿，小祖宗，千万别把这事整扎哕了！”

“扎不哕的”，摸抚物体，感觉不顺。皮肤似遇芒刺。“妈，我后背怎么扎不哕的？”“哎哟，刚剃头，头发茬儿钻进领子了，妈给你看看。”

出了岔头，事情进行不下去。“这回扎哕了。”

挓挲手啦

遇事无办法。两手挓挲起来一摊。

见阵仗时，两手没武器。也叫“拍巴掌”“两手攥空拳”。

砸锅卖铁

日子不过了。决心很大。“亏你的钱，月底砸锅卖铁也要还你。”

扎筏子

出气筒，垫背的。老太太吃柿子——拣软的捏。“反正你就看我好欺负，拿我扎筏子吧。”

“做法子”的变音。

受了别人窝囊，不敢还手还嘴。找到一个比他弱的，无来由打一巴掌，算作撒气孔。

弱者说：“你拿我扎啥筏子？有能耐你当时干啥了？”

张抓似的

惊慌大哭。张是张三儿，狼。狼追上来，能不哇哇地跑着大哭？

“别这么哭了，张抓似的！”

扎脖

挨饿，吃不上饭。

“再借不着米，糠也行。咱俩扎脖行，孩子呢！”

炸了

如同炮仗捻子点着了，立刻翻脸发脾气。

炸窝

内部矛盾爆发。突然的事情一出，一窝子都乱套了。

也有说“炸锅”的。锅里油热了，一放葱花，吱啦一声一股子油烟腾起，热油翻花冒泡，打破了平静。

炸庙儿

发火儿，发作。“我这有理的没说啥，你倒先炸庙了！”

粘帘子

惹麻烦。先有“粘豆包”这个词，黏豆包揭锅时粘得一塌糊涂，后来有了“粘帘子”，帘子，放在锅内摆放豆包的工具。词义相同。

着年

常年。“着年不着家。”多少含有不大正经过日子的意思。

“不着家”，不在家。

“不着边”，不挨边。

“不着遥性”，不大干正经事。性格多变，不可靠。

“不着调”，意思与“不着遥性”相似。

凿死卯

办事不灵活，就如同榫卯必得相合一般。

糟践

弄坏了，白瞎了，浪费了。

“这棉袄让她做的，胳膊伸不进去，扣子结不上，好好的布，‘生思拉地’（硬是）糟践了。”

遮 柳 子

随机找个借口，编个原因，扯个小谎，把话头岔过去。

为改变原来想法，寻个理由。“说好一块儿上甸子，你咋没来?”“哎呀，忘了，你看这事整的。”实际上他上人家坐席去了。

侧（zhāi）歪

立得不直。

躺一下，小睡一会儿。“觉得不大得劲（不适）儿，我侧歪一会儿。”

侧侧歪歪，走路不稳。

垮台，接近完蛋。

贼走关门

事后诸葛亮。

但亡羊补牢，未为晚也。

嘴 黑

说话赶劲儿，往往不留情面，一语便说到别人疼处。常言说，“说话别揭短，打人别打脸”，都是要与人为善，留个回旋余地。嘴黑的人，常被人提防，心里暗恨。

嘴 快

不是语速快，而是抢着说话，抢先暴露秘密。这样的人往往爽快，有嘴无心。

“狗肚子装不了二两香油。”心里存不住话，不说，堵得慌。可不能让他当保密员。

嘴　　损

爱挖苦人，说话不留余地，不留情面，也就是佛教说的口业。只求一时痛快，直捣黄龙府，得罪人自己还不觉得。

嘴码子

嘴茬子厉害，能说会道。

抓　　瞎

没准备，到时候被动。“啥啥没有，两手攥空拳，大老远的冒蒙就去，一到那儿不抓瞎?”

“冷手抓热馒头。”

抓　　挠

小拿小摸。“谁把我半盒烟抓挠去了?”

“抓挠上去了”是通过不大正当的手段，凑乎上去，攀了高枝，升了官。

猪往前拱，鸡往后刨

生活技能本事，各不相同，各有各的办法。

煮熟的鸭子还嘴硬

已经露了马脚，还不承认。已经被拿下，还狡辩。

支　巴

体力不支，自己勉强起来坐坐。他老伴说："咋自己个儿支巴起来，不吱一声呢！"

两个女人打架动手，常是对面相互抓住对方的手，支支巴巴，防备对方打自己，却也打不到别人。也叫"支黄瓜架"。

打一个小棚子，几个立柱几个横梁，嗨，支巴起来了。

开个小买卖，资金不足，朋友两肋插刀，还真支巴起来啦。

直罗锅

罗锅，驼背、弯腰，脊柱弯曲长期形成，很难立刻直过来。偏有人硬要直。这是下狠茬子，要抓住人难改正、"就成"了的毛病整人了。"我就要直你这罗锅"，话有些霸气。

指　性

指望。

比如女人从鸡屁股抠出几个小钱儿，东藏西掖，怕被男人偷去要钱。你贼，他比你还贼，若不怎么叫要钱鬼呢，女人再去找，没了。女人说："完了，下半年油盐钱儿，没指性了！"

芝麻盐儿

佐料，芝麻与盐，炒熟擀碎咸中香。一般坐月子蘸鸡蛋吃。有一出老戏中，一老旦自报家门说：“老身（老妪自称）一辈子没开怀儿（没生育），没吃过鸡蛋蘸麻盐儿。”

很少。“不够蘸芝麻盐儿的”，“不够撒芝麻盐儿的”。

支　棱

挺实起来。“耳朵支棱起来听着。”“旱，高粱叶子都蔫了，昨晚一场透雨，早上一看，立马支棱起来了！”

支棱毛

那些食肉动物，看见天敌，或将要打斗撕咬，一般浑身如同充电一样，每个毛孔都是警惕兴奋。所以浑身的毛，看着都像支棱起来。

对于平时老实温顺的人，一贯听支使的人，稍有不满或异样表示，那些自觉高人一等的“肉食者”，就会质问：“咋的，支棱毛啦？”

贼

小偷，强盗，卖国贼。

副词，最、很、确实。贼好，贼坏；贼老实，贼牛性；贼甜，贼酸；贼贱，贼贵；贼冷，贼热；贼大，贼小；贼轻巧，贼沉；贼快，贼慢；贼黑，贼白；贼尖，贼傻；贼亮，贼黑；贼俊，贼丑……好形容的人，夸张的人，差不多开口就得说“贼”。天地人，无处不“贼”。为了加重语气，还要加上修饰语：“这天头贼拉拉的冷，刀子割似的。”

自个儿刀削不了自个儿把儿

自己的问题，往往自己解决不了。

自个儿坟头哭不过来，哪有心哭乱坟岗子

自己的困苦还解决不了，哪有心顾别人的困苦。

乱坟岗子也叫“乱死岗子”。义地，善人出些钱，不忍让死不起的人暴尸荒野。

自个儿配药自个儿吃

自己下个套儿，转个圈，“抹搭山”（山林里迷路），把自己套上了。

眼睛一转，想个损招要治别人，没想到自己不慎中招。

滞滞扭扭

不痛快，不大愿意又难拒绝。不好意思，磨磨蹭蹭。欲说又止。干什么活儿总一副不情愿的样子，一步挪不了一尺。

“哎呀，我说哥呀，咋这么滞扭哇！”

滞　难

困难，很不好办。“日子过得太滞难了。”

不痛快，迟滞，磨蹭，不顺利。“让你办这么点事，咋这么滞

难呢！”

蒸不熟煮不烂

滚刀肉。油盐不进，好坏不分，是理不讲。像关汉卿说的那粒铜豌豆。

针鼻儿大窟窿斗大的风

数九寒天，滴水成冰，朔风怒号，天地一笼统。家纸窗上有过小洞的人，对这句话一定有体验。

也许能进来的风，算不得太大。因为太冷，感觉就大了。

针扎火燎

针扎一下，无防备呀，一哆嗦，还要不自知地哎呀一声；火一燎，肯定快速一躲。这里说的是，没针扎无火燎，却像针扎火燎一般尖叫。说狼来了还没狼。

“又咋的了，针扎火燎似的？”

镇　　唬

施压，吓唬，警告。

“这小子太尿性，小来小去，镇唬不住他，要整，就下狠茬子。”

坐 窝 儿

压根儿，根本上。“你不是做梦娶媳妇吧？那美事，坐窝就不用想。”

坐地户

开荒占草的人家，或者几辈子都住在这里。区别于外来户、新户。

坐家女儿

未出嫁的女子。也叫“黄花闺女”，过去叫“待字”。应该是女性最温馨的时光。

嘴一份手一份

要说，能说；要干，能干。能说，嘴码子行；能干，家务上行。这样媳妇，亲戚邻居都高看一眼。

嘴碎

好叨叨，唠叨起来，还没完没了。

“嘴像个破车似的”，也是这个意思。

嘴拜年似的

一句接一句，尽挑好话说。讨好、央求都有了。

拜年时，磕头作揖打躬，满脸都是笑，满口吉祥话、助兴话。

嘴把式

把式，练武的人，也叫练把式的。只说不做，叫嘴把式。

嘴能拴条驴

嘴，指人嘴。人嘴咋能拴驴？小孩子生气了，不满了，或是撒娇，拉着妈妈胳膊装生气，那小嘴就嘟着，噘起来。妈妈手指一刮他鼻子，说：“看这小嘴噘的，能拴条驴啦！”一逗，孩子扑哧笑了。

有时候，也用来说大人。

嘴尖舌快

好抢话，存不住话，压抑不住显摆的冲动。

“颁尖卖快”，是“嘴尖舌快”的升级版。

嘴上积德

那时讲迷信，积德行善，在嘴上占很大分量。

伤人心、坏人事、不利于人伦道理的话，切记不要说，要克制。

“话到舌边留半句，留给子孙福绵长。”

现在讲，“嘴边得有站岗的”“嘴得有把门的”。

“那人啊，嘴太黑”，谁能不有意无意疏远他，谁愿意讨不愉快？

嘴上会气儿

行行行，中中中，妥妥妥。等着去吧，十有八九，不行不中不妥。人家那是嘴上就那么一说，嘴上会气儿。给个棒槌当根针了？太心眼实。

张口饭

说书唱曲唱戏等从业者。后来又加上教书先生。靠一张嘴挣饭吃，凭一张嘴养家活口。这是正经营生。还有算卦的先生，能说和事的屯大爷、讼棍、骗子等等，虽也靠张巧嘴弄饭吃，前者却羞于和他们为伍。

整

做，干，行动。

“咋整的?”

“谁整的?”

“整不出个甜酸来，他能答应?”

威胁人的强悍野蛮者，眼一瞪手一指：“我能整死你，信不信?”

现在又发展了，一群有头有脸的人，高级酒店里，端起杯来敬酒，故作豪气地说：“来，咱们先整一个!”一仰脖，他先整进去了。让人看着，咱这疙瘩爷们，有热情，少文雅。

整庄

不琐碎，不找零。整齐划一，不是七长八短、大小不一。“这批货挺整庄，好装车。”

挣一个花两个

一个“挣”字，有了努力拼搏的意思。挣断套股，挣断绑绳一般；钱挣来一个，汗珠子摔八瓣。

然而手太松，经不起诱惑，一冲动，花出两个。可想而知，妻儿衣食难以为继。

老辈东北人，赞赏能挣会攒钱的人家。“外边有搂钱的耙子，家里有装钱的匣子”，男女都会过，日子才有盼头。

祖 宗 板

供祖先牌位的案子。

孩子对吃穿不满，他妈说：“咋的，还得砍块祖宗板把你供起来？”

祖宗价钱

最高的价。

现在叫天价。

抓不住炕头

困，只想睡觉。“你说我这咋的了，一到天黑，就像抓不住炕头似的。”

装大瓣蒜

一头蒜内，各瓣大小无显著不同。其中一瓣，硬充大瓣，不大自爱吧。

简化：装蒜。

轴

慢，犟，不听人言。

钻头不顾腚

雪地里撵野鸡，野鸡实在飞不了跑不动了，脑袋就往雪壳子里一钻，以为它看不见追它的狗，狗也就看不见它了。一般用来形容沉湎于一个嗜好，不可自拔。

“一摸着牌九，就钻头不顾腚，一两天不吃不喝不睡，小眼睛还是瞪得锃亮。”

整个脑袋都钻进去，屁股顾不得了。

只顾一件事，迷上了，其余什么都不管不顾。

走　　脚

侧歪。“这草房年头太多，都走脚了。”

走 道 了

寡妇再嫁，或是被迫离去的女人再嫁。

走　　动

“亲戚朋友，全靠平时多走动啊。”懂人情世故的老人，常这样嘱咐子女。

彼此来往，声气相通，相互扶助。

鸡犬之声相闻，老死不相往来。叫不走动。

现在手机电脑上的朋友圈，也是一种走动。

中医、民间，把排便也叫“走动”。白胡子粗布大褂，红疙瘩帽头儿，戴老花镜，医药书籍满案，药香弥漫，不能为良相，向往为名医，问病情近日来拉屎咋样，咋出口啊？用走动一词，雅多了。

附　录

“的”

嗯哪，这疙瘩，那疙瘩，这些关东嗑儿，忽然就被抠出来，上晚会，整广告，拿土头土脑傻柱子样儿当卖点，讨观众开心，图希个走红，想发个嘁哧窟喳。我这个臭糜子、大楂粥喂大的说着关东话白了头的东北人，觉着成了大观园里的刘姥姥，同父老乡亲一块儿被嘲笑奚落揶揄。

关东嗑儿土不土？土啊。它形成二百来年，那时封闭落后，中国人有几个不土的？

可是它是世界上独一无二的，是地地道道的独创。它是中国各地特别是北方（山东、河南、河北等）人俗文化融合的果实，是汉族同满族、蒙古族、朝鲜族等东北民族语言融合的果实，是东北吸收俄罗斯等外族文化的实例。它的发展变化衰落过程，可以丰富东北移民史、民俗史、开放史、语言学。

我觉得它是一个富矿。时代进步，关东嗑儿，在滋养了普通话之后，行将消亡。有篇文章说，我们雅文化流失严重，用字粗浅达意而已，媒体常用三千字左右，是一种退化。是否如此且不论，但雅的流失，俗的鄙弃，我们的语言往哪里走呢？难道让它像水源萎缩的河吗？关东嗑儿是口头语言，历史上极少文字记载，会说的把它记录下来，也是一种义务。

原生态的关东嗑儿，已经与普通话有极大距离了。

举一段做例子：

“母（我）们家，呆（在）嘎（葛）家崴子奈（那）疙瘩住。夜下黑下来小偷了，打睛（更）的眯（睡）着了。一席篾篓子黏豆包，全叫银（人）家端窝了。我哥一个高蹿且（起）来，抄且烧火棍撵（赶）上去，搂脊娘（梁）杆子，就揞（打）一家什，揞得孬（嗷）孬叫，棱（扔）下席篾篓子，挠杠子了。我哥有牙爪，不揞鼻什（半死）他，也够呛（够挺的）。篓子摔（suāi）得稀淌花漏，贼（读去声，这）回可不是捋着垄沟找豆包啦，是大雪壳子里掏豆包了。”

眯是小睡；席篾篓子是高粱篾子编的篓。

端窝，全部，也说连窝端。

脊娘杆子，脊背；挠杠子，跑了，也说蹽杠子，蹽了，穿兔子鞋，撒丫子（脚叫脚丫子）。

有牙爪，狠，厉害。

鼻什，本指马鼻疽病，极难治。牌九一副两张牌，加起来十点，叫闭十，输定了。引申之意是完了、死。也说鼻古、呔（tǎi）歪等。

捋，顺、沿，也说绷着、抱着。你问道儿，老乡会热情认真告诉你：“抱着贼（这）条道，简直万（往）前干。”这里说个口音，把“这”字的音发成贼（去声）的，多为龙江人。

加了注音注释，年轻东北人也得解（xiè）乎（猜、琢磨）半天，才可体味这骨碌（段）嗑儿的声情。

可也不全这么繁杂，一点抓手没有。

比方说，咱抓个“的”字，就能提溜出一大串词来。

提溜就是拎在半空，如“把提兜提溜起来”。打提溜，孩子抓住大人手，把脚提起。也当惦着讲，“这两天我老提溜这事”。“心提溜到嗓子眼了”是说害怕。把谁谁“提溜起来”是美事，提拔。把谁谁“提溜出来”，倒霉啦，是揪出来的意思。

现在咱们就提溜那串“的”。

大咧咧的，散漫、不在乎、不细心、不咋的。

心焦魔乱的，不安。

尖头巴脑的，好占便宜。

嘴不唧叽的，说话不恭。

蹋了蹚啷的，不利落。

滴里嘟噜的，葡萄结得多，指一个接一个，“滴里嘟噜都来了”。

叽里咕噜的，响声，物体滚动的样子。

提溜蒜挂的，穿得不利落，挂的东西七长八短。

囫囵半片的，活计、事情未做完。

花里花搭的，比如新抹的炕，有的地方烧干了发黄，有的地方没干发黑，也叫花搭脸。

眼泪巴叉的，泪眼含在眼圈里，有怜悯语气。

舍脸巴皮的，舍出脸面求人。

赛脸巴皮的，孩子一遍遍与母亲嬉闹，母亲会嗔爱地这样说，如孩子与别人疯，就吆喝说“别赛脸”。

粘毛粘似的，孩子赖在母亲怀里，或一步不离地跟着，母亲会这样说。被说的孩子心里极甜。一种植物叫粘毛粘，果实带刺，粘到人衣或牲口毛上借以传播，《红楼梦》里有“扭股儿糖”一词，近似。

皮皮拉拉的，说不说不在意，只说皮拉，意近皮实。

针扎火燎的，过分的反应。

小得溜的、小小不言的，少、小，边边拉拉，微微了了。

虚飘胀肚的，不实，水分大。

关东嗑儿里带“的”的词很多。有的不带不行。比如屋里的（妻），不带“的”就与屋外相对了。三天不来两天早早的，没“的”就不行。

他身上就像八根线提的（轻佻）、赶扯的（忙）、热乎拉的（动感情）、脸冷落落的、像鸡鹐的（许多小破洞）。这手活儿干的（怨活儿），这手干活儿的（怨人），面荒儿的（好像见过又说不上何时何地见的，同面善），鼻子不是鼻子脸不是脸的（发火），风吹草动的，这些话少了“的”，就不大成话，或不顺了。

有个词，“耍人的”。含义比较广，不靠房子不靠地，凭一个人的章程（本事）混饭。不正经的女人（叫养汉的），小土匪，跳神的，和私官两厢——同今言黑白两道——有勾搭，从而渔利的人，没财产的屯大爷，都涵盖在内。没有“的”字，就变意义了，成了逗人、玩人（也叫调理人）。再如“大咧咧的”，如无“的”，就变成好说话，胡咧咧、瞎咧咧。瞎哄哄的，是眼睛不好，去掉“的”，含义就是没根据的议论、谣传。

还有，舍孩似的、心里塞把草似的、吃饭咽药似的（慢）、酥梨似的、借你谷子还你稗子似的（不高兴）、一汪水似的，这些带“似的”的词，也不能没有“的”。钢钢的、梆梆的，表示物体硬、身体好、关系铁。嘎嘎的，形容好，新、甜、香、脆都能用上，现在的早市男女摊主，嘎嘎的几乎不离嘴。就这么“的”了，这个“的”分量可重了，所以音也强调。

带“的”的词，有些可以不带，但意思变了。

“了”“里”“巴”“唧”

在关东嗑儿里，一些词有音没义。了、里、巴、唧等音，出现的频率比较高。只是一个音符，并无实际意义，然而有弱化与强化词义的作用。有时各音单用，有时连用或通用。带此类音的词，意义在被装饰的一个字上，这个字说普通话的人都懂。

我们举段话语，当作例子。

说是西岗子屯，一户人家姑娘找婆家，想和大下洼子屯的一家轧亲。两地相隔几十里，光凭媒人两头传，有些不托底，心里还有怀疑的地方，就请姑奶子去微服私访。

这位姑奶奶回来复命说：“哎呀妈呀，这个来来回（来回），把（读 bǎi）我造的，你看，浑身都‘泥头拐杖’的（一身泥水）。

“走时晴天乐意（日），亮瓦晴天，我寻思（想）没人缘有天缘。万（望）乃（那）撇子（那边）踅搭（去）吧。我也是‘大姑娘上轿头一回’。

“走过几个土山包，稀不棱登几棵树，稀了巴登几根草，‘星崩儿’（少数）还秃了光叽，啥也不长。道反浆冒泥，包包溜溜。两边地，啧啧（妇女舌打响，表示惊讶、惋惜、赞赏），哪像个地，全沙子，‘土坷垃’（土块）找不出一块。简直杆（简直）‘兔子不拉屎’（无草，兔子都不去）。

“再往前走，成盆底坑啦，小道曲里拐弯，泞（nèng，泥泞）了咕叽的。房子旧了吧唧，外屋地下（明屋，厨房）扔（lēng）得批儿片儿（乱）的。

“院子倒挺大，可是乱（làn）蓬的，稀泥咣当（泥泞），家什连汤狗不捞（不利落），锅台上盆朝天碗朝地。一进屋黑了巴黢。

“当家的老爷们矬巴子（矮），好汉攥一把两头不出梢（去声），去了抓的地方，没打的地方，‘踹巴踹巴不够一抬筐’。蔫了吧唧，倔了吧唧，黑黢燎光。

“老娘们长相还不赖呆（不好），铺排大身（高、壮），有红似白儿。一说话露馅了，就是嗯哪、那疙儿、可不是咋的（都是赞同），鸟悄（无响动）的，哝哝哧哧（说话、做事吃力的样子），一脚踩不死一个蚂蚁。样（让）我吃饭，那粥整的，稀里咣当。

“你说那小子？没看着，横是（可能，也说八成）影（躲）出去啦。没我缸没我碴儿，可我得实说，这个茬（提议，事），我半拉眼珠没看上。回来忽拉巴地，赶上马莲筒子雨（不住点的大雨，刘绍棠作品中叫鞭杆子雨），大约莫（估计）天老爷也不得意（喜欢）我！”

这段话，许多关东嗑儿有里、了、巴、唧。日常用得还很多。

形容味道的，如苦了吧唧，有一点苦，也说人的生活苦。

酸了吧唧，酸味不正。也用来说人的性格，好急眼（发火），也就是脸酸。特殊地方，是醋意，好吃醋（嫉妒）。

甜了吧唧也说甜了巴梭，甜味不足。也用来说人的表情，贱了吧唧贱忒忒的样子，有贬义。

淡了吧唧，菜没滋味，淡，对人不热情。

形容颜色的，黑不溜秋、黑了巴黢、煳了巴黢、紫了号青、绿了吧唧、乌了吧唧，都是贬颜色不正。其中紫了号青引申批评的程度，比如“样（让）我撸（或剋、整、揙咕）个紫了号青（或紫茄子色）”。

用来表示状态、情况、人品的，就更宽泛一些。

滑了吧唧，湿了吧唧，东北人现在还说，挺常用的。

孬了吧唧、软了吧唧（也说软搭哈）、瘸了吧唧、糟了吧唧、赖了吧唧（身体不强壮）、懒了吧唧、土了吧唧、虎了吧唧或傻了吧唧（愣，不聪明），头一个字，就是这个词的含义。

驴了吧唧，说驴脾气，驴性霸道，语气程度不同，意思相近。

东北人本来喜欢驴，食量小干活杂，皮实，却不知为何如此贬驴。

损了吧唧（穷困、低档）。

水了吧唧（成绩、水平一般），囊了吧唧，囊与硬相反，是说物的质地太软，囊可以单用，如“这东西囊得都拿不成个儿”。

二虎吧唧，不精明。

嘎巴扯曳，衣物总不洗，脏得发硬发亮。锅巴、伤口结痂、厚垢都叫嘎巴。鱼嘴一张一合，叫尬巴嘴。人急却一时无言，“干尬巴嘴说不出话来”。

肋里肋腻，打扮不利落，也说肋腻。

嘚里嘚瑟，也说嘚瑟，轻佻、显摆、浅薄得使人厌烦，另一说法是兔子哄哄的。

还有一句，近乎“国骂”实为“官骂”的，是“妈了巴子”。直奉战争，奉系军阀攻入北京，这句官骂时兴了一阵子。奉军吃香，有些拔豪横。有人就说：“妈了巴子是护照，后脑勺子是免票。”东北人小时睡很硬的小米口袋，图身板挺拔，结果后脑无勺子，是平的，成了明显的东北人标识。

花里胡哨，打扮、装饰过于花哨，丢失了美，是把实词摆到两头。

由“贼”说起

一个“贼”字音，谁也不喜欢，关东人却把它用活了。

贼好，外地人就不理解，贼怎么还说好？其实是说这件事好，还觉不够劲，比真好还要好。贼坏，作用相同，意思相反。

能用“贼”来形容的单音词太多了。比如大、小、高、低，深、浅、粗、细，快、慢、轻、重，红、黄、白、黑，都可冠一“贼”字。

各种感受，如疼、刺挠（痒）、热、冷，味觉苦辣酸甜，迂作（舒服）、难受；各种状态，奸傻、热心、冷酷等也同样。

连它本身也可以用它来形容：贼贼，说人或动物中超机敏灵活者。

下边说到的“死”，也如此。

与“贼”类似的，有“死”。这是一个都想回避的字，关东嗑儿里却也用得不少。

如死艮艮、死性、死脑瓜骨（不灵活，当不了公关小姐或先生，成不了贪官、富翁）。

死不要脸、死皮赖脸、死拧（一条道跑到黑）、死犟。

另一种用法，嗔爱。如死玩意儿、死货、死丫头、死老头子。有的母亲，甚至笑着、眼里流溢爱意，骂自个儿的孩子：“这小死孩崽子！”当然不同语气，这个词便有相反意义。

“瞎”字，不好，也用得不少。瞎闹、瞎扯、瞎掰（说瞎话、胡话、谎话）、瞎闹、瞎捅咕。这个词有两个意思，一个是不内行摆弄机器啥的，另一个是背后蔫使坏，搞小动作。

“瞎”字有时也用在自谦上，如“写不好瞎写呗”，“干不好瞎干呗”。

“熊”字，用处虽不广，但经常。如熊样、熊色、熊蛋、熊包。可能是“怂”字的变音。也可以单用，意思是窝囊。到哪儿都吃下眼子食，挨熊（受欺辱）。

但表情音调一变，立刻也成了疼爱喜欢的表示语。

“整”字，关东嗑儿里用得挺宽泛。“这事整的”“这可咋整”“尽整景儿”“尽整里格楞”（邪门歪道）。喝一杯酒，说整一杯。让酒一举杯说“整”。“这事还整不整了？”“咋不整？整。”“没整明白，造得地了场光（地里没庄稼，场里没粮食），两手攥空拳。”

“乎”字做虚字，使用频率不低。贴乎、黏乎、玄乎、热乎、套近乎。

总之关东嗑儿，语汇甚为丰富，都是因地制宜创造的。

家常嗑儿

日常说的难离嘴的关东嗑儿，有些就是口头语。

你拣话啦、那指定、那个、后尾（读 yǔer）、那可不是咋的等词，有的乡亲离了就开不了口。

串个门子：哥几个没事扯个大谰，猫冬时一家人坐在炕头上说个闲话儿，天天要用到的话，也就不少。

嚼谷儿：好吃的。

公母俩：两口子。

淘登：找难找的东西。

架不住：抗不了。

成年到辈子：整年乃至一生。

丢头拉尾：不完整，多用在说传话上。

丢魂：魂不守舍。

面子事儿：央求人，看在情面上给予关照的事儿。

花搭眼：没看准。

摸摸犄角也疼，摸摸耳朵也疼：动啥啥舍不得。

席篾拉的：细小，多形容眼睛小。

这发子：流行病。

大发了：严重了。

埋汰：不卫生，也说埋了巴汰、埋埋汰汰。如说埋汰人，那意思可就变了，是诋毁污蔑。干得埋汰，是工作不利落。

不赖呆：好。

嘬瘪子：比喻受窘为难；碰壁。

小抠儿：吝啬。

当腰：当中。

撮火：挑拨。

抽风：犯癫痫，引申偶然办错事，无来由发脾气。

有把烧饼：有把握，与手掐把拿一样。没见过有把的烧饼，父老有想象力。

批儿片儿的：杂乱。

五马长枪：大发脾气。

拨拉脚子：小打，使唤人，黑社会叫喽啰、马仔。

按葫芦抠籽：认真算账。

仨屁俩谎、耍猴儿、对撇子等一听就明白。

有些话说时都明白，一写，找不到该写哪个字。就是说时，操普通话的，听了也要犯寻思：

茶铁：精神不振。

爹巴：小孩刚学会迈步的样子。

揙：狠打。“我揙死你！”

岔纰：（弄）错。

生荒子：刚开始学一样本事的年轻人。

二开花：再嫁，也叫吃两口井的水，走道。

一根筋：一个心眼，不灵活。

将其：将来。

搭嘎：寻找，“要买马，给我搭嘎个茬儿。”也作搭搁。

揹劲儿：关键，节骨眼。

二椇子：指某项工作的知识不足、技术不高的人，比学徒强一些，还不到师傅的程度。也指城乡结合部。

累啃：麻烦，劳累。还有勒索的意思。

黏牙倒齿：说话磨叽，翻来覆去。

炸庙：发火。

孬糟：犯愁、上火、闹心。

穿箭儿：水、血等液体蹿起来。

砸鸭子脑袋：花冤枉钱。

拿相眼：抓要害拿捏人，敲诈勒索一般就这么整。

拉拉尿：熊了，害怕了。“非把你整拉拉尿不可！”

上眼皮：直接主管。

咬不动黄瓜：牙不好，老了。

有些写着说着都明白，但含意深，甚至可以说有哲理，可以看成格言。

“过河拆桥”“拉完磨杀驴”。

越大夫范蠡，助勾践灭吴。他说越王长颈鸟喙，鹰视狼顾，可共患难不可同安乐。高鸟已散，良弓将藏，狡兔已尽，良犬就烹。于是功成身退。意思与这两句关东嗑儿没区别，这两句反而更生活化，一语中的。

还有一句，“上房抽梯”。传说，大禹的弟弟象要害死他，设计让禹上谷仓，然后撤梯放火。关东嗑儿四个字表达了同样意思。是继承发展还是创造？

“认落一村，不落一人。”“坐轿没人抬，抬轿还没人坐？”“现上轿现扎耳朵眼。”“癞瓜籽多。”“省柴凉炕，省盐酸酱。”这些是从生活中抽象出来的因果道理。

“砍的没有旋的圆”“指山卖磨”“打牙往肚里咽”，一句概括一个情景，发人深省。“一家不知一家”，让人想起老托尔斯泰的“幸福的家庭都是相似的，不幸的家庭各有各的不幸”。我想，那时关东人中知道此话的，不会很多。

“掌柜的是泔水缸”。一个比方。泔水缸，刷锅洗碗水、烂菜叶子、馊了的饭，什么都装。意思与宰相肚子能行船类似。“傻狗不识嗾（sǒu）乎”，让狗咬人，东北人就说臭臭臭，是嗾使。狗咬了人，或挨其他狗咬，或被人打断腿，得自己承受，傻不傻呢？

费劲拔力回忆，却想不出关东嗑儿里太多的褒义词。想到的除前边说过的，只有清堂瓦舍、亮瓦晴天、细拉高挑、杨柳细腰、有红似白、长得水灵等，不多。

读音上，与普通话有些不同处。如“把”读“百”；“做”读“揍”，河南人也发这样的音；“日”读“义”；“水”读“髓”，“熬”读“孬”，“尾”读“以”。

我这里说的，只限于常用话。关东谚语很多，如“猫养猫疼，狗养狗疼”“夸口的先生没好药”“费力不赚钱，赚钱不费力”“当地衙门赛铁箍”“不出窑子不当太太”“不当胡子不当官”。还有一种俏皮嗑儿，多是农村“二花屁”互相“鸟皮”（挖苦、埋汰）时说的，也叫哨，一替一句，最后谁没话摸了，谁就败了。还有行话，东北的胡子黑话最发达，因为胡子发达。

少数民族质朴刚烈，英勇顽强。辽金元遗有语言因素。汉人来闯关东的，都是好汉。有重罪逃匿者，冒险破禁挖参创金者。

汉有苏武，宋有洪浩等被羁留的使臣。

还有宋徽、钦二帝。

从明代开始就有流人，有骨气的高官志士文人为数不鲜。边陲酷寒，生活艰险。加之边境受觊觎蚕食，时有烽火，官府对“龙兴之地”统治格外严厉。这样的自然人文环境下，诞生的流行的关东嗑儿，特色自然不少，恐怕在语言学、文学上十分珍贵，其他领域，大约也不乏其价值吧，抛砖引玉，有待识者。

人性嗑儿

关东嗑儿里，品评人品的，很不少。

人品，叫人性。有人性、没人性，是个根本性的评价。

“乃（那）个人好哇，有人性。”有人性的人，受人喜欢敬重，会笑脸相迎，最起码也心存信任。

“乃个完（玩）应（意）缺德，故动（坏），脑袋顶长疖子，脚底下冒脓，坏透腔了，那才不是个揍（做，指爹不好），不玩人性。”这样的人，没好下水（心肠），也说没好嘎水（鱼腮），很阴损。人若得这样一个操行总评，那在十里八村，顶风臭四十里，人家会躲得远远的，难得有人把他当人看，谁还敢沾个边？谁也不勒（搭理）他，当臭狗屎臭着他。

人性好的：

“吐口唾沫是个钉”，说一不二。办事果断有权威。

“吃生米的”，敢做敢说的茬子。

“冻死迎风站，饿死腆肚胸”“站着一根，躺下一条”，敢作敢当。不怕困难，顶得住压力。

“仁义”，做人准则。

“菩萨心”，情商充沛。

“心里有数”，知原委，有统筹，目标明确。

“嘴一份手一份”，能说，更能做。

“好狗护三邻，好人护三屯”，好人标准。看不惯“各扫门前雪，不管他人瓦上霜”的主儿。

“叮壳儿”“不倒槽”，生命力顽强。

“好说话”，肯助人。

“心软”，讲感情。

“脑袋掉了碗大个疤”“有钢条”，酷寒气候，恶劣社会，造就硬汉。

“心宽不怕房屋窄”，有希望，看得远。

“家有千口，主事一人”，过日子、社会活动的经验总结。

“脚正不怕鞋歪”，堂堂正正做人，不怕物议。

“身正不怕影子斜”，与上句一个意思。

“要省省在囤尖上，囤底再省不赶趟”，节俭有方。“常将有日思无日，莫到无时想有时”，也是这个意思。

“宁折不弯”，讲骨气、操守。

“穷的是这个人，薄的是这块地”，穷有穷志气。

“稀倒谷子，密倒高粱”，从日常劳动、生活中，思索出哲理。

人性孬的：

“拔豪横”，横着膀子晃，在豪横里还拔个尖。横踢乱咬，离横行乡里差不太多了。这样的，多是有权杆儿（后台）给仗腰眼子，所以他见着他爹，也敢立立眼珠子，招人怕也招人恨，有时让人恨得牙根直。也说高草。

“二花屁”，游手好闲，滑末掉嘴儿，屁大溜星，撒个小谎行个小骗。这样的人开朗、诙谐。

“狗头臊脑”，前钻后跳，眼珠滴溜儿转，轻佻。也说狗蹦子、蹦兔子。跟二蹦子不同，跟好动活泼的跳马猴子有本质不同。

“故动”，蔫坏，二五眼。“咬人狗不露齿”的那一种，摆圈套给人上。二五眼是指能力差，对某方面知识或技能一知半解的人。

“愣头青”，冒冒失失，毛毛愣愣，愣头愣脑。

“嘎牙子”，一种鱼的土名。像鲇鱼，但小，分水与脊鳍是尖骨的，人不敢抓也不敢碰。引申是刺头，调皮捣蛋，能钻空子。

“尿性”，有尿小子，烈驹，稍别于生性。一般不服人，不好摆弄。不是熊包，有刚劲，有挺头。

“尿叽叽的”，就与尿性相反，是哭咧咧的样子。另外尿叽尿叽，是说衣物洗巴洗巴，不管干不干净就完。

“颁尖卖快”，拔尖，抢先，好显摆。

“蹚朗子”，不顶对，不侃快，大头，处世常吃亏又说不出道不明。也说土鳖、窝囊、窝囊废，跟老实疙瘩、蔫头巴脑有区别。

“刺碴”，说话办事不顾情面，不怕得罪人。

“烟不出火不冒”，一杠子压不出个屁来，一锥子扎不出血来，都是说话少，慢性子，火上房不着急。

“骚性”，性欲强。

“花花肠子”，花花点子多，不正当的主意多。

“鬼魔道眼儿”，鬼魔哈呲眼，鬼子溜子的。慈禧就叫六王爷为鬼子六。奸猾，坏道眼多。

“赖皮缠”，能黏糊，赖赖叽叽缠住不放。农村俗话说，好女怕缠郎，像贴树皮（树上的毛毛虫）。

“傻狍子”，过去打狍子，枪一响侥幸没打着，狍子却站下回头抻脖看，给猎人第二次开枪的机会，人们同情，惋惜，说狍子傻。引申说人是傻狍子，含有疼爱的意思。

“半吊子”，不尖不傻，一瓶子不满半瓶子逛荡，二五子（生手）。

“不正道”，一般指妇女作风不好，扯仨拽俩也是这个意思。

“酸脸猴子”，酸性，动不动急头白脸，急眼，性格过急。

“抓挠，抓抓挠挠”，小偷小摸。也说手不老实。有多动的意思。

“小抠，抠抠搜搜”，抠帮涮底，外地话叫抠门、小气、吝啬。

“贼性”，形容动物格外机敏，人贼溜溜的。

“死性，死脑瓜骨，死葫芦心眼子”，极不灵活，墨守成规，万事不求人，是“灶坑打井，房顶扒门”的手。

“犟眼子”，拧种，认死理，凿死卯，说不行，脑袋一拨楞八个劲儿。明知不对了嘴还犟，也说死犟、死拧。八头牛拉不动。

“噘嘴骡子驴价钱”，好说，心存不住话，不分场合随意叨叨，往往说车轱辘话，也被叫成噘嘴骡子。尽管骡子远贵于驴，噘了嘴了，只能卖个驴价了。嘴跟破车似的、嘴大舌敞、“叫唤雀没肉吃”，意思相近。

“一脚踩不死个蚂蚁”，行动缓慢小心没力气没精神，也叫鸟（niāo）悄的。

“碟子里扎猛子不知深浅”，扎猛子指扎入水中游泳。碟里的水，哪够扎猛子的深度？不管不顾地去扎，就不知深浅了。

“死木咔哧眼的”，呆滞，没眼力见儿。

“破马张飞，五马长枪”，咋咋呼呼，发脾气不管不顾。

“逞干巴强”，瘦驴拉硬屎，没条件硬逞强。

“嘚瑟，嘚嘚瑟瑟”，肤浅轻薄，好献殷勤，近于抓尖卖乖，拍马阿谀。这样的都是一身家雀骨头（轻）。

“赖皮赖脸”，就是死乞白赖。衣来伸手，饭来张口，秧子（地主少爷）货，好吃懒做。

“食黑财迷”，从贪吃，判断出贪财。

“给个灶头就要老婆”，是得寸进尺。

“沾尖取巧”，占便宜。

“蒸不熟煮不烂”，什么盐酱不进。

“豆腐掉灰堆，吹吹不得，打打不得”，不好教育。

“屁股沉”，坐哪儿就不想走。

“树叶落下怕打脑袋”，胆小怕事。

“歪脖子高粱各路种”，各色、各掰、个别，异于一般。

“心扒给他吃也交不下”，难交朋友。

“下三烂”，品行低下。

“今儿个莲花，明儿个牡丹”，嘴能哄人，巧嘴八哥一般。一会儿一套。

人性不咋好的性格，群众给他状写出来了。

关东嗑儿对人性评价，有啥说啥，是不是还比较公允？

有钻石属性的词语

将一些关东嗑儿比成钻石，是不是有过誉之嫌？我觉得算不上。我这里只是比喻钻石的自然属性。钻石的第一个特点，是硬。摔不破砸不碎打不烂，拿它去钻钢钻铁钻石头，一钻就一个窟窿，你说它硬不硬？第二个特点尖锐，一针见血，入木三分。不绕弯子，不拖泥带水。第三准确，开了皮就一直钻下去，不歪不斜，一步到位，绝不欲言又止，蜷着舌头、扭扭捏捏、吞吞吐吐，或搞什么包装。第四有光彩，虽不能说光芒四射，却也熠熠生辉。这类语言，有比喻贴切的，有形象生动的，有说前因引后果以逻辑力量服人的，当得起有光彩三个字。

咱们也学学颁奖宣布等级的招法，从后往前来。

先说有光彩的：

“筛糠”，用筛子筛，将粮与糠分开。操作的人，两手必须不断晃动，浑身如发抖。说谁吓筛糠了，就是说他发抖了，接下来可能就说他，直打牙帮骨，尿了裤子了。

“一动直掉渣”，说人太老了，与老糟烂了、趺趺斜斜的一个意思。

“避猫鼠似的”，老鼠避猫，腰弓弓着，耳抿抿着，大气不敢出，本来就很小的身子，恨不得缩成一只跳蚤。用来描述胆小怕事的人，形象。

“招猫逗狗”，说孩子淘气，也说年轻人好惹闲事。

“正头香主”，当地人祭祖或烧香还愿，主家的掌柜的叫香主。“到底谁是正头香主”，找不到当事人，什么事也难办成。

“木匠多了盖歪歪房子”，与“家有千口，主事一人”相反，是说七嘴八舌，拿不定主意，结果事办砸了。

“常了，也不是个曲子”，曲子即曲谱，指正经的路数。不是个曲子，犹言不是个办法。长此以往，会出臧臧（吵架）局（局面），会惹罗罗纲（麻烦）。那可就“有王大娘唱了”（《王大娘锔大缸》，地方戏曲，意为有热闹看了）。

“好吃不如饺子，迂作（舒服）不如倒着”，两个饱一个倒（旧时农村一日两餐，吃了就睡，无所事事之意），懒人说的或说懒人的话。

“知根知底”，一植物知其根，一事物知其底。

“心明镜似的”，心里清楚得很。其潜台词为心里明白可就不那么办，就不那么说。

“人心是杆秤”，人心都有衡量是非的标准。与不知哪头轻哪头重相反。

“不知香臭”，不知好歹的同义语。不知轻重，与此不是一个意思。

“横草儿不过”，狼很奸，所走的路上，摆着一根横草，会怀疑设了陷阱、圈套，一定绕道而行。用来比喻品质不端的聪明人。

“三九花子赛走马”，走马，走得快而平稳的一种马，天寒衣破讨饭的不走得快，岂不得“抱路倒”（死于路，“路有冻死骨”的通俗版）了。

“打破头楔”，木头一头打一楔子必劈开，比喻事情开头就被泼冷水。比这更严重些的，是“扫帚顶门叉（岔）头多”。

“黄嘴丫子没褪”，雏鸟有黄嘴丫子。人年小，英气与聪明已显露，往往会被心胸逼窄的人这样评论。同义的有“小生荒子”。

“火燎腚似的”，急。

“火上房不着急”，慢。

“急三火四”“毛拉沾光”，性子毛躁。

“嘎嘣溜丢脆”，侃快。

懒叽叽的、尿汤汤的、鼻涕拉瞎的、水裆尿裤的、连汤狗不捞的、五迷三道的、愚囊不膪的、鬼魔哈呲眼的、蔫头耷拉脑的，都不是什么好形象、好性格。

掂掇、合计、喳咕，是思谋、考虑，“喳咕”有私下、背人、贼溜溜商量事的意思。

再说准确的：

“一春带八夏”，长期努力。潜台词有白干了的意思。

“脆生生的”，有声、有味。

“茶铁”，也就是瘪茄子、瘪嘟、不再奓翅了、没咒念了，其意都是精神不振。时兴话新词，叫断电、灭火。

生活是语言的土壤，旧时无电少机器，只能从茄子、鸟、大神儿身上获得灵感创造语言。有了电、机器，才有断电、灭火这些词的产生；有了电脑，平台一词才时兴起来。

一肚子坏水、歪歪心眼、歪歪点子、花花肠子，全说的是心术不正。

烈驹（刚烈）、拧劲子（执拗）、拧种、驴性、人性狗、皮星星的、尿豪豪的、不奸不傻、着三不着两、不冷不热、不长不团、黏黏乎乎、霹雷闪电、听风就是风听雨就是雨，概括人的性格、品行。

骂骂咧咧、神神道道、妖妖道道、外外道道、拧拧扯扯、浪不溜丢的、大大乎乎、皮皮拉拉、横针不拈竖线不动（啥活不干）、趔趔勾勾（身体歪斜，脚步不稳），描述人的某种状态。

鼓整整的，丰满。琉璃灯似的，肿得发亮。煳了巴黢，黑，颜色不正。狗啃似的、王婆子画眉——一条子一桄子。稀烂稀烂的、稀溜溜的，常用来形容粥。起根发脚，缘由。外拨秧，游离一个集体的单干户。外股溜子，不是正宗，但还不到邪门歪道的程度。描绘事或物的状态。

尖锐、尖利甚至尖刻、犀利的：

咋呼或咋咋呼呼，扬梆（神气，得意，傲慢）。

起幺蛾子，来自牌九赌博，另想新招的意思。

完犊子，完是失败，犊子是随娘改嫁的孩子，也叫带葫芦子，被偏见视为下等人，完犊子是咒人连下等人也做不成。日本奴役、蹂躏关东十四年，实行奴化教育，“国高”（“国民高等学校”，中学）课堂只准讲日语，于是民间又出了一句新嗑儿：日本船（丸），念个完。扔货，其义大致相同，然骂的程度稍轻，略含惋惜。

死肠子好舍活肠子难离，死者已矣，活离何堪？

歪脖横狼，发狼威，形象逼真。

换不出个大小来，也讲换不出一边大来，看来关东乡亲，早就明白买卖的投入产出比了。与此语类似的，有许进不许出、没个来回盆、属犁碗子的一面翻土。

瞎子点灯白费蜡，不起作用白费劲。

嚼舌头根子，说瞎话，说人家的坏话，造谣生事。

车轱辘话，话一遍一遍重复，无新意。

小拨拉脚子，受人呼来喝去的小打、小伙计，跑腿学舌无足轻重的角色。常被支使得溜溜转。

就那么高高等着，手不伸，活不干，忙不帮，赡等着人家（多为爱他的人或他的亲人）为他效力。

外拉一屉，背着旧爱另寻新欢，新词包二奶，也可移用到别的事物上去。

扯肠曳肚，指牵扯的东西纷乱、冗长，乱七八糟。

小头鸡脸的，形容头、脸长得偏小。

撇清，或假撇清、撇清拉怪，实庸俗，装清高。

洗清身儿，本来染指其事，事发，忙着摘清自己。

揣着明白使糊涂，本来一清二楚却装糊涂。

掰脸，两人绝交。

掰生，制造矛盾令关系冷淡。

疙疙瘩瘩的，关系有芥蒂、事物不顺、缺乏流畅。

铺排大身，农村喜娶体格健壮高大的姑娘，赞语就是铺排大身。

钻头不顾腚，雪大，野鸡遇险，头钻进雪里，尾却露在外边。形容人为某事（不太好的）入迷。

顺着好吃横着难咽，一样的事别戗着人去办，否则就让人横着难咽了。

造、造造、呛呛，猛吃，别客气。

觍脸，不顾脸面。

穷人乍富腆胸叠肚，仰脸挺胸洋洋自得，浅薄状。

说道，讲究、要求、麻烦。

里挑外撅，前面往往还放一句“连毛胡子吃炒面”，是说挑拨离间。

打腰、吃香，下人里的人上人，得主人（前清谓主子）青眼。

青黄不接，早春，陈粮吃完，青苗未起，穷苦人难熬苦春头子。

针鼻大的窟窿斗大的风，只有世居酷寒地方的关东人才有此独到体验。

鸡身乍冷，寒战，发烧前奏。

着紧蹦子，掯劲儿上，节骨眼、关键时刻。

贬损是买主，成心买的主儿常说货不佳。

算到骨头，抠帮涮底，算到再也不能少给别人一分的程度。

人心隔肚皮，潜台词是：你知道人家想的啥！

撅腰瓦腚，弯腰干活很费力。

有理五八没理四十，折中。

高不成低不就，半瓶醋，武大郎盘杠子上下不够天。

家里有金子外头有戥子，有多少家底，瞒不了外边。

舍不出孩子套不住狼，欲获大利须下大本。

打耗子还得油脂捻儿呢，欲获小利也须有本。

对了，又想起一个词来，符合尖刻的意思，声调上也贴切，就一个字：生。包含吝啬、抠的内容，但也有钩钩心眼、做事常出人意料的意思。

坚硬、有力度、有冲劲，一句说到骨头的：

没你缸没你碴儿，缸打破了，连碴儿也不是你的，管什么闲事？

撂下棍子打花子，讨饭的都拿根讨饭棍，防恶犬。刚从花子队伍中超拔出来，回过头来就打昨天的同伴。

驴性霸道，驴性的就霸道，霸道的必驴性。

老绝户气，旧时说不孝有三，无后为大，所以鄙视断后的人。

一边眯着去，命令别人快躲开并且低头敛气，老实待着。

当狗屎臭着他，冷落不理睬，不答嘎（管理）他。

昧着心眼子说话，即把良心藏起来说话。

揻死你，一下打死，多用来威胁人。

底掉，彻底完结，起“堡垒终结者”那种炸弹作用。

搅家不良，不讲理破坏家庭团结的那种人。捞高粱茬，拴着人脚在高粱茬上拖，恶霸黑帮发怒会这样残害人。

吃斤两、吃沉重，有城府能担事。

腰里别冲牌谁说跟谁来，一副马掌牌也叫一冲，遇到谁愿玩就成局，引申为蛮横遇谁都吵架。

抽邪风，忽然不讲理。

除肚脐眼浑身没疤瘌，没毛病。

猫养猫疼狗养狗疼不养不疼，即谁养谁疼。

这回水了，大幅度下滑。

祖坟冒青气了，祖茔来风水了，忽然有出息。

横挑鼻子竖挑眼，就是鸡蛋里挑骨头。

鼻子不是鼻子脸不是脸，发脾气，脸与鼻都不是原样了。

不白给、不抱下洼地，人尖子。

有娘养无娘教、白披一张人皮，骂人无教养、不是人。

躲初一躲不了十五、躲三枪躲不了一马叉，即跑了和尚跑不了庙，后句俏皮，躲过三枪，一马叉扎上还是仨窟窿。

炕头王，耗子扛枪窝里横，一出洞门就是避猫鼠。

唬洋情，拿外国人吓同胞。

汗珠子摔八瓣，至辛至苦。

不杀穷人不富，杀是形容，是从前穷人的话，富人一般不说。

吃人不吐骨头，杀人不见血，即弱肉强食。鲁迅《狂人日记》

里有过历史书字里行间写有“吃人”二字的话。

卖了你还哄你帮他查（数）钱，被骗还存一片帮人的心。实在过当，就成傻了。

翻捶吊打，说了不算，常有理。

滚刀肉，比喻不通情理、胡搅蛮缠的人。

帮虎吃食，给虎帮忙。

好孩子谁往庙上舍，旧时，孩子病重许愿送庙上去，比喻舍出的东西，都不怎么好。

香油咬手，就是便宜、相应，便宜像条蛇，抓它会咬手。

当然，这说法，只是一种比方罢了。有一些特点，是混杂在一起的，这里拣其主要特点，分开说，比较好归纳一些。

关东嗑儿与鲁南方言

近读《金瓶梅新证》，作者张远芬先生指出《金瓶梅》中所用方言俚语，与山东峄县方言有许多相合之处。证明其书作者是峄县人，是贾三近。

兰陵笑笑生到底是谁，专家们争论很大，我们一般读者说不清楚。只是从书中知道了一些山东峄县方言，一看，与我们关东嗑儿好像是从一个模子里倒出来的，高度一致。

似可看出，关东嗑儿，一个源头是来自山东鲁南的。试摘录如下（破折号前是鲁南、峄县方言，后边是旧时关东嗑儿、龙江土话）：

一头，一边——同。分歧导致分裂，其中观点利益相同的人。

一巴掌——同。形容地方太小。

一伙、一帮——同。龙江还说一把连儿。

一锅粥——同。龙江也说全乱套了。

七八——龙江讲八九不离十。

二尾子——龙江读作二尾（yǐ）子，中性人。

干号——同。大声哭叫，无眼泪。

上紧——同。抓紧、加紧。龙江有上心点。

上门——同。打上门来。上门女婿。

大发——同。病大发了，这事（这回）可大发（严重）了。

三不知——同。什么情况都不了解。一问三不知。

欠情——同。有恩、有人情未报。

笆斗——同。盛粮的。龙江多为柳编，挺密，结实。“脑袋有笆斗大。”

火头——伙夫。火头军。

风车——扇车。古人用的风扇。龙江则指碾米后，用来分离米与糠的，名扇车。

气不忿儿——同。对不平的事表示气愤。

不得闲——同。没闲暇。龙江也说没空儿、没闲工夫。

不断头——同。络绎不绝。龙江也说不断流儿、不断捻儿。

打底——同。打基础。“底子没打好。”先吃点东西在肚子里垫底。

扒灰——同。公公与儿媳通奸，称扒灰。在龙江，此等公公被称为掏灰耙。

立逼——同。

立马盖桥——龙江说立马追急。

发讪——同。龙江常指不好意思，下不来台，“讪不搭的。”

打油飞——同。四处捞点易得的油水。龙江也指无正经营生四处转悠的人，打秋风捞好处。

犯牙——磕打牙，“闲磕打啥牙?”

平不答的——同。平平常常，没有曲折。峄县读塌，龙江也读塌。还变成歇后语，老和尚的帽子——平不答的。

正头香主——同。鲁南风俗，祖宗牌位，放在老长房家中，叫正头香主。龙江演变为事主，主事的。

吐口——同。答应。龙江用得甚普遍。

早时——同。早些时候。

仰八叉——同。两腿叉着仰面跌倒。龙江普遍用。

耳刮子——同。打耳光。

回炉复帐——比喻男女重新修好。龙江只有回炉一词，是重造的意思。比如骂人说，小子，今儿个我给你回回炉!

花里胡哨——同。打扮太过，还装束不当，轻浮。

弄鬼——捣鬼。龙江说装神弄鬼。鬼点子。鬼道。

抖搂——同。提起东西抖动。比喻数说人不是，还有揭疮疤、揭人隐私与毛病之意。

纳鞋——纳鞋底。

身量——同。身体高低胖瘦。

这咱——同。这早晚，这时候。

护头——同。怕剃头。

抄花子——叫花子。要饭花子。

抖毛子——抖搂毛。“瞅把你洋性的！还抖搂毛了”，隐含骂人牲畜之意。

赤紧的——吃紧的。“国民党前方吃紧，后方紧吃。”

屁股大了掉了心——屁眼大丢了心。心不在焉。

抱窝——同。小鸡孵卵。龙江叫孵卵母鸡为老抱子。

忽拉巴——同。突然。不知原因的突然行为、事件。

枉口拔舌——同。胡说乱道。有诬陷好人之意。

佯佯不睬——同。傲慢，不理人。也有假装高傲的意思。

拉巴——同。两腿分开走路。两腿往外斜着走路。龙江叫拉巴拉巴的。与“夹着个卵子走”相反。

咬蛆——同。龙江也说嚼舌头根子。

看家的——同。最拿手的看家本领。

浑咕嘟——咕嘟，表示程度严重。冒烟咕嘟的。

荤笑话——淫秽的笑话。现叫荤段子。“荤的素的都上来了。”

冒冒失失——同。

迷留摸乱——同。不知如何是好。龙江读迷勒摸勒。近义的有一句是心焦魔乱。

背哈喇子——背旮旯子。指偏僻的角落。

浪——同。女子作风不正派。浪不丢的，过分表现自己的女性美，带有挑逗的意思。

倒路——路倒。冻、饿、病、贫死于路，无人收尸者。

家伙——同。工具器皿等。龙江：抄家伙！是指快拿起顺手能摸到的器械。

料摸——估摸。猜想，预料。

砢碜——同。丑陋，难看；丢脸，不体面；讥笑，揭人短处。“你砢碜人啊!”“这事真砢碜。”“看他长那熊样，真砢碜。”“光腚打狼——胆大不怕砢碜。”

延缠——同。延缠病。也说秧呛病。

流沿儿——器皿满满的。

羔子——同。峄县人称小孩或青年人羔子。龙江：骂孩子带疼爱意思话，王八羔子。若骂王八犊子，前边再加上一个“臭”字，那足以说明骂者已是恨得牙根直了。

倒踏门——倒插门。上门女婿。

鬼精灵——精灵鬼。“鬼精鬼精的。”

恶水缸——泔水缸。肮水缸。比喻经常代人受过的人。什么话儿都得听着受着。

葬送——同。彻底毁坏的意思。

蜡渣黄——同。黄得像蜂蜡的渣滓一般。“脸黄得蜡渣似的。”

耷拉——同。下垂。

筋道——同。食物有韧劲儿，耐咀嚼。

煞气——撒气。出气、泄愤。

馋痨痞——馋痨。峄县人形容某人好吃，像他肚子里长了使他好吃的痞块。龙江人说“得馋痨了咋的”。

意意思思——同。拿不定主意，犹犹豫豫。

管情——敢情。求之不得之意。“那敢情好了!”

慢条斯理——同。慢慢腾腾。

瞎诌——同。胡说。

撒野火——找邪火。泄怒气。

影影绰绰——同。隐隐约约。

关东人来自四面八方，来自各民族，关东嗑儿把各地方言、民族语言甚至外国人语言因素都吸收进来了，是融合的语言。

如果上边对照还有些道理，那么鲁南、峄县的方言，在形成关东嗑儿的过程中，作用不可小觑。

仅供行家里手、有兴趣顾及老关东嗑儿的诸位参考。

“瘪拉搭”及“巴杂”

瘪拉搭，铸铁小火炉。

马口铁细溜溜的炉筒子，伸到窗外。

烧豆秸、碎木，煤就更好。热得快，点火，小“窝儿”（屋子）就热。跟万事万物一样，一利一弊，也有不足，停火就凉。其实这个古怪的名字，是俄语壁炉的音译。也许最早铸铁小火炉是俄国人先使用的，西伯利亚比东三省更冷啊。

俄语音译的词句，不少。龙江更流行一时。

布拉吉：连衣裙。

列巴：面包。来个语言“两合水”（混血儿），管大型列巴叫大列巴，因其大如头盔。

里道斯：红肠。

格瓦斯：面包屑酿造的民间饮料。俄罗斯人实在，都是真材实料，好喝着呢。也有说成格拉瓦斯的。

喂大罗：口大底小有提梁的马口铁桶。

玛达木儿：妇女，妇人，多指已婚妇女。

孬木儿：小旅馆的单间。

戈必蛋：军官，官。

骚达子：其音为 saoludat，士兵。一到东北音变义也变，成为居于底层，最小的。那就光脚不怕穿鞋的，穷酸臭。“我不就是个骚达子吗，我就不信了，再撸再降，还能把我搋咕到地皮下边去?”

老薄待：苦力，吃大苦卖大力换生存的劳动力。工人。有能干，敢碰硬之意。比如林区带领一副杠抬木头的头杠、二杠，受尊敬，日薪高。

马神：缝纫机。开始只是手摇动的那种传入。俄语音译。

还有巴杂（市场），有名的《阿凡提的故事》，不是也提到“巴杂”吗？伊斯兰商业发展要早一些，市场一词，也可能随货物传出去，又辗转传入中国东北。

这些词，上世纪初，到解放前，在黑龙江流行。开始别扭，随后习惯，再后时髦，最后成了方言。特别在群众中大流行。词义也适应水土，发生变化，可以说成了地地道道东北嗑儿。就如同上海“洋泾浜”，融入方言。

巴杂市与苏伯汤：汉语俄语叠加。

巴杂，俄语市场。哈尔滨道里，过去有一个很大的“四合院”，宽敞的大平房。东西南北各有门洞。四边门市，普通居民常去之处。巧妙在于，面对外面四条街道，都是门市。后身面对大院，是露天摆摊市场。以流亡为主的洋人和本地各省各种口音的顾客，穿行甚为方便。日用国货洋货，凡杂货应有尽有。名气很大，远近皆知。如今早已拆除，商业区高楼群拔地而起，更是昔非今比。但巴杂市老名，也算是老字号，却没有像秋林公司那样用起来，殊为可惜。

苏伯，俄语菜汤。土豆、西红柿、圆白菜三样主料，可以加牛肉，酸甜可口，常常可以喝出一头汗来。至今，东北尚有许多人喜食。不过，如烹饪不得法，就会失去原味。

市市（巴杂市，我们又加一个市）、汤汤（苏伯就是汤，我们又加了一个汤）这类词，正是一些俄语化为东北嗑儿的历程印记。

其融入过程，产生了一些颇通俗、可发一笑的顺口溜与段子。

有一个是：吃饭叫“故事”，睡觉得“打歪”。可以是“也是”，不行叫“聂都”。一位新来龙江的河北乐亭人，学会了这几句在市场上练习着说。遇到一个拿钢镚儿猜正反面的“白俄”（十月革命逃亡来的），说明猜正面说“也是”，反面说“聂都”。围着一些想巧得钱的，呼呼喊喊，神神秘秘。他看出一点门道，估计这一把可能是正面，钱往摊子上一拍，喊道“聂都”！那白俄一掀盖子，好，正面。可摊主把他的钱拿走了。于是，一场争吵。乐亭人后来才明白，是自己一兴奋记错了说错了，便说道："也是聂都没分开，活该老呔遭点财。"乐亭，东北人说成老呔。入乡随俗，他自己也就顺嘴说了。

吸收拿来包容改造，到后来不知是庄生化蝶还是蝶化庄生。东北嗑儿，以山东、河北等地方言方音为基调，不断学习吸纳东北各民族语言语音，发展成一派独特方言，火辣辣的，豪爽痛快。遭受侵略，也有外来商人逃亡庶民语言汇合辐辏，更使东北方言有声有色。

后　语

从萌动整理东北特别是黑龙江方言俗语的念头，到着手“回忆到了就记”，带带拉拉十年有余。几经改动，总算有了这么个样子。

曾找到过一个研究语言的委员会之类的地方，电话打到楼上办公室，一位接电话的告诉我在楼下等着。我想，开展学习实践活动有成效，你看，这不礼贤下士了？泰然心境油然而生。

许久，听着有人下楼来。这位不知是研究家，还是工作人员，一亮相，环顾说：“谁找我？”其实，除了收发员，只我一个。他大约琢磨我这么大年龄，不会有什么事找他们，也是，研究语言的委员会呀，又不是民政局也不是养老院。

我恭敬站起说：“我。”

他打量我一眼：“什么事？”

“话挺长，我们坐下来谈好不好？”

“你简要说嘛，我还有事，要出去。”

“是关于我回忆的东北方言的事。”

“我们研究普通话。不研究方言。”

虽然年届八十，还是未改急躁脾气，不告别，先他出门，扬长而去。

一晃几年过去，增补修改，从未间断，算是改到今天这个样子。有待知音吧。

两个半月，增补修改一次。只是音序排列还不理想。盼有此类软件，或可更明晰准确些。

2019 年 8 月 27 日补改毕

图书在版编目(CIP)数据

也是一种乡愁 / 屈兴岐著. - - 北京 : 中国文史出版社, 2021.3

(中国专业作家作品典藏文库. 屈兴岐卷)

ISBN 978 - 7 - 5205 - 2527 - 5

Ⅰ. ①也… Ⅱ. ①屈… Ⅲ. ①散文集 - 中国 - 当代 Ⅳ. ①I267

中国版本图书馆 CIP 数据核字(2020)第 221242 号

责任编辑：牟国煜　薛未未

出版发行：**中国文史出版社**
社　　址：北京市海淀区西八里庄路 69 号院　邮编：100142
电　　话：010 - 81136606　81136602　81136603（发行部）
传　　真：010 - 81136655
印　　装：北京新华印刷有限公司
经　　销：全国新华书店
开　　本：720 × 1020　1/16
印　　张：19.75　　字数：238 千字
版　　次：2021 年 3 月第 1 版
印　　次：2021 年 3 月第 1 次印刷
定　　价：65.00 元